ESSEL
LULATSCH
lügen
abskaus
Landschaft
DE
LEBEN
Los
or
Lecke
istik
blich
LAUFEREI
LATEIN
ri
LachAnfall
LEBERWURST
LAMA
tikus
LEBER
Lappland
like
EMUR
Lappalie
UT
Limburg
lauwarn
geln
LUXUS
Lügengebäude
LOBHUDELE
ör
LALLEN
umund
Luftschlösser

Tamara Bach

Wörter mit L

CARLSEN

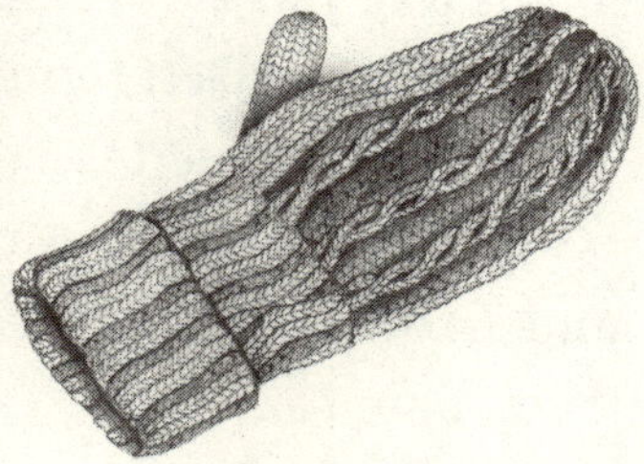

1. Morgen schreiben wir Englisch, also hat Natascha ihrer Mutter gesagt, dass wir zusammen lernen und sie deswegen zu mir kommt.

Wir haben dann mal kurz auf dem Boden gelegen und haben die Bücher aufgeklappt, haben uns ein paar Vokabeln abgefragt und dann die Grammatik angeschaut. Und dann hat Natascha gesagt »Verstehst du das?«.

»Ja, und du?«, hab ich geantwortet, und Natascha hat genickt. Dann haben wir die Bücher wieder zugemacht. Es ist Februar, das Wetter ist ganz scheußlich, also sind wir nicht rausgegangen. Jetzt liegen wir da immer noch auf dem Boden und gucken in der Gegend rum und erzählen ein bisschen und denken ein bisschen nach.

Natascha liegt auf dem Rücken und guckt hoch. Da ist mein Bett, das hängt über uns. Manchmal, wenn ich so liege, hab ich Angst, dass das einfach so runterkracht. Dabei war ich dabei, als der Bettenbauer die Löcher in die Wand gebohrt hat, ich hab die Dübel gesehen (jetzt weiß ich auch, was Dübel sind), und wie lang die Schrauben sind und mit wie vielen Schrauben er mein Bett da festgemacht hat. Das ist

mehr als fest. Das ist so fest, vorher muss schon das Haus einstürzen, bevor das Bett runterkracht.

Das sind bescheuerte Gedanken.

»Stell dir mal vor, es wäre Sommer. Oder noch nicht ganz Sommer, so ... Mai«, sagt Natascha und guckt immer noch mein Bett von unten an.

»Mmmh«, mach ich.

»Stell dir mal vor, wir wären draußen auf einer Wiese.«

Ich mach die Augen zu und um mich herum wächst Gras, und der Himmel ist blau und nicht mehr die falsche Seite von meinem Bett. Da summen Bienen, die Luft ist proppenvoll mit Blütenduft und Pollen. »Pollen«, sag ich zu Natascha, »Hatschi«, macht die.

»Stell dir vor, wir würden genauso Winterschlaf machen wie die Tiere«, sag ich.

»Aber nicht alle«, sagt Natascha. »Nicht alle Tiere machen Winterschlaf.«

»Ich würde gerne Winterschlaf machen. Ich hätte eine Höhle, die wäre mit lauter weichen Sachen ausgepolstert, die wäre trocken und warm.«

»Aber nicht zu warm«, sagt Natascha.

»Und nicht wie bei den Eichhörnchen. Die wachen ja immer wieder auf zwischendrin.«

»Heißt das bei denen nicht anders?«, fragt Natascha.

Sie setzt sich auf und sucht ihr Handy.

Ich denke an eine Höhle und ziehe mir ein Kissen ran. Ganz viele Kissen hätte ich dann. Und Federn. Und Matratzen. Und Decken. Federdecken, Wolldecken, Patchworkdecken.

»Winterruhe«, sagt Natascha, »nicht Winterschlaf. Eichhörnchen halten Winterruhe.«

Und wenn man wieder wach wird, ist es Frühling.

»Leonie hat mir Bilder gezeigt von Tieren, die eigentlich nicht miteinander befreundet sein sollten«, sagt Natascha, aber ich bin noch im Kopf in meiner Höhle. Da hängt auch eine Lichterkette. Mindestens eine. Ich muss Papa und Jette fragen, ob ich noch eine Lichterkette fürs Bett haben kann. Zwei sind besser als eine.

»Hey«, sagt Natascha und stupst mich an.

»Ja?«, frag ich.

»Zuhören!«, Natascha macht ihr strenges Gesicht.

»OKAY!«

»In einem Tierheim waren Kätzchen, da ist die Mutter gestorben, also haben die im Tierheim einen Hund dazugesteckt, der selbst seine Welpen verloren hat. Und jetzt ist das eine Familie.«

Natascha hat ihr Handy immer noch in der Hand. »Schau!«, sagt sie.

Jetzt hat sie eine ganze Liste mit solchen Freundschaften gefunden.

Ein Elefant und ein Hund.

Eine Giraffe und ein Vogel Strauß.

Ein Hund und eine Eule.

Ein Hund und ein Entchen.

Ein Hund und ein Fuchs.

»Ganz schön viele Hunde«, sag ich.

»Zeig deinen Eltern doch einfach die Liste«, sagt Natascha. »Dann sehen die, was für tolle Freunde Hunde sind!«

»Jonathan ist doch allergisch«, sag ich.

Und als hätte der das gehört, kommt er in dem Moment mit Jette zur Wohnung rein und lärmt. »HALLO, HALLO, HALLO!«, ruft er.

Wir lauschen, aber er rennt schon weiter in sein Zimmer.

Natascha schaut mich an. »An was denkst du?«

»An eine Geschichte.«

»Was für eine Geschichte?«

Ich zucke mit den Schultern, weil ich das nicht weiß.

»Lustig oder traurig?«

»Weiß ich noch nicht«, sag ich.

»Wieso nicht?«

»Wenn ich Geschichten schreibe, kann ich doch gar nicht wissen, wie die ausgehen.«

»Doch«, sagt Natascha.

»Nein«, sag ich. Natascha wartet, will mehr hören.

Ich also: »Es gibt einen Bären, der heißt ... Wilhelm, und einen Hasen, der heißt Bettina.« Plötzlich weiß ich das, wie die beiden heißen.

»Also ist das eine lustige Geschichte«, sagt Natascha.

»Weiß ich nicht.«

»Oder eine Fabel? Wegen der Tiere?«

Es ist noch gar nichts. Es gibt einen Bären und einen Hasen. Eine Häsin. Die gibt es.

»Und Wilhelm«, sag ich, »hat gerade angefangen stricken zu lernen.«

»Ah«, sagt Natascha. »Und Bettina bringt es ihm bei«, sagt sie.

»Nein, warum denn?«

»Warum denn nicht?«, fragt Natascha.

»Weil es meine Geschichte ist. Und nicht deine.« Und dann denke ich, dass ich gar nicht stricken kann, und bevor ich so eine Geschichte schreibe, muss ich wohl erst mal stricken lernen. Glaub ich.

Da schaut mich Natascha an, sagt erst nichts, dann legt sie sich wieder neben mich auf den Boden und schaut mein Bett von unten an.

»Ich mag ja Liebesgeschichten«, sagt sie.

Natascha ist gegangen, es ist bald Abend und es ist schon dunkel. Ich sitze am Küchentisch. Jonathan kommt rein, sieht mich und stellt sich neben mich. Ganz nah.

»Schläfst du heute hier?«, fragt Jonathan.

Ich hab meine restlichen Hausaufgaben vor mir liegen und hör ihn, aber ich schau ihn nicht an und antworte auch nicht, ich schreib die Aufgabenstellung in mein Heft ab.

Dann tippt er mit seinem Zeigefinger an meinen Ellbogen und fragt wieder genau dasselbe. Und tippt nicht nur einmal oder zweimal, sondern auch noch, als er fertig ist.

Das kenn ich ja.

Ich schau vom Buch auf mein Heft und hab alles richtig abgeschrieben, dann fange ich an die Aufgabe zu lösen.

»Duhuu, ob du heute hier schläähäääfst.«

Ich bin gemein. Das bin ich nur bei Jonathan.

Er tippt jetzt wieder an meinen Ellbogen und ich bin fast mit dem ersten Teil der Aufgabe fertig, die ist richtig einfach.

»Pau-liii-neeee, schläfst du HEU-TE HIER!!!!«

Jetzt kommt Jette in die Küche, da wird Jonathan richtig laut und schreit »SCHLÄFST DU HEUTE HIER?«.

Und ich antworte »Ja, Jonathan, aber warum schreist du denn so?«.

Jette sagt »Jonathan, nicht so laut, Pauline muss doch Hausaufgaben machen«.

Jonathan sagt »Aber, aber«.

Und ich grinse auf meine Hausaufgaben runter. Und Jette schubst mich leicht an. Dann strubbelt sie Jonathan durch die Haare und fragt ihn, ob er nicht in seinem Zimmer spielen will, damit ich in Ruhe weiterrechnen kann.

Jonathan müpft ein bisschen (das ist ein Jette-Wort. »Müpfen«. Das gibt es eigentlich gar nicht so für sich, manchmal nennt sie ihn auch Müpfi), dann geht er.

»Ist es okay, wenn ich hier koche?«, fragt Jette.

»Na klar!«, sag ich.

»Ist es okay, wenn ich ein bisschen das Radio laufen lasse, ganz leise?«, fragt Jette, steht da mit einer Hand am Radio und schaut mich an.

»Wenn's denn sein muss«, sag ich und grinse sie an.

»Es muss«, sagt sie.

Ich bin ja eigentlich schon fertig mit den Aufgaben.

Ich starre noch ein bisschen auf mein Heft, ohne an irgendwas zu denken.

»Magst du vielleicht helfen? Magst du vielleicht fertig sein mit Hausaufgaben?«, fragt Jette.

»Na gut«, sag ich.

»Hab ich ein Glück«, sagt Jette.

»Hast du ein Glück«, sag ich und stecke mein Heft wieder in die Schultasche.

2. Wenn ich bei Papa und Jette schlafe, weckt mich Jonathan. Den weckt keiner, der ist morgens einfach wach.

Wenn er zu früh wach ist, schickt ihn Jette noch mal ins Bett. Und dann noch mal. Und dann manchmal noch mal.

Irgendwann sagt sie »Geh mal Pauline wecken«, aber da bin ich schon wach. Weil er schon durch die Wohnung gepoltert ist, weil er nicht flüstern kann, weil Jonathan ein Krawallknoten ist.

Die Tür macht er nicht auf, das darf er nicht. Weil das hier mein Zimmer ist. Er darf klopfen, er darf laut »Pauline, GUTEN MORGEN, HALLO!« rufen, bis ich antworte.

Jetzt sind alle wach.

Wenn ich bei Papa und Jette schlafe, hat jeder seine Zeit im Bad, aber das funktioniert nie so, wie wir uns das mal ausgedacht haben, weil Jonathan immer noch rumrennt, dabei sollte der schon angezogen sein, weil Jette ihm hinterherrennt, dabei sollte die gleich mit ihm zum Bus. Und Papa rasiert sich, dabei sollte der mich gleich zur Schule bringen.

Ich steh im Flur und bin schon fertig, warte auf Papa, dann

kommt Jonathan angerannt, aber ich fang ihn ein. »Danke«, sagt Jette, dann ruft sie nach Papa und sagt, dass ich schon fertig bin und er sich mal ein Beispiel an mir nehmen soll.

Wenn ich bei Papa und Jette schlafe, fährt mich Papa zur Schule und ich bin ein bisschen zu früh da. Dafür muss ich nicht den Bus nehmen. Oder mit dem Fahrrad fahren.

Natascha und ich treffen uns morgens immer an der Wand neben dem Schulkiosk. Vor der ersten Stunde dürfen wir noch nicht ins Schulhaus. Weil da sonst Lehrer Aufsicht halten müssten, wegen der Versicherung oder so. Und die wollen erst ab acht anfangen zu arbeiten. Also steht man morgens immer so blöd auf dem Schulhof rum. Wenn Papa mich mitnimmt, bin ich ein bisschen früher als Natascha da. Wenn ich bei Mama schlafe, komm ich später. Eine von uns muss immer warten. Heute ich.

Plötzlich steht Leonie da.

»Hallo«, sagt sie.

»Hallo«, sag ich. Dann schau ich in Richtung Schultor und dann auf die Uhr.

»Wie geht's?«, fragt Leonie.

Ich zucke mit den Schultern.

»Nicht gut?«, fragt sie.

»Doch.«

Dann schweigt sie.

»Mir geht's ganz okay«, sagt Leonie.

Natascha lässt sich heute echt Zeit.

»Aha.«

Leonie seufzt und steht dann so rum neben mir.

Ich überlege, mit wem Leonie eigentlich befreundet ist. Auf wen die wohl wartet.

Und dann frag ich »Auf wen wartest du?«.

»Wie?«, fragt sie.

»Hallo«, sagt da Natascha und schaut uns beide an.

»Hey«, sag ich und nehm sie am Arm und zieh sie weg von Leonie, »ich muss dir sofort was erzählen!«, sag ich und zerre Natascha um die Ecke vom Schulhaus und bleib da stehen.

»Was denn?«, fragt Natascha.

»Nix.«

Natascha guckt mich an. »Du bist manchmal echt komisch«, sagt sie und zieht die Augenbrauen zusammen.

»Ich weiß!«, sag ich und grinse sie an.

Natascha guckt noch ein bisschen so, dann haut sie mir plötzlich mit voller Wucht auf den Oberarm, »MENSCH! Weißt du was?«, sagt sie.

»AUA! Was denn?«

»Die in der b haben einen Hund!«

»Wer? Die ganze Klasse?« Geht das?, frag ich mich.

»Nee, der Klassenlehrer, der hat einen Hund, und den nimmt er mit in die Schule! Ins Klassenzimmer!« Natascha grinst mich mit großen Augen an. »Toll, oder?«

Das ist toll, aber das ist bestimmt nicht wahr, was für ein Hund ist das überhaupt, und wieso hat die Parallelklasse einen, aber ich darf keinen haben, und wäre ich in der b, dann hätte ich jetzt auch einen Hund, irgendwie.

Das denk ich alles, dann kommt Leonie um die Ecke und sagt »Da seid ihr ja!«.

Und weil ich so viel auf einmal denke, fällt mir nichts ein, was ich jetzt zu ihr sagen könnte, aber da sagt Natascha schon »Du, die in der b haben einen Hund!«.

Und Leonie sagt »Ich weiß, hab ich schon gesehen«, und dann fragt sie, ob wir Englisch können, dabei ist das so unwichtig, denn die Parallelklasse hat einen echten Hund.

In Sport haben wir Schwimmen, seit heute. Jette hat mir Shampoo und Duschgel und ein Badetuch eingepackt. Ich hab das erst später gesehen und war ganz froh, weil die anderen auch alle Duschzeug dabeihaben. Davor haben wir Basketball gespielt, aber letzte Woche gab's Noten und jetzt ist was anderes dran.

Sport ist mir eigentlich egal, aber ich kann ganz gut schwimmen. Wir haben neben der Turnhalle so ein winziges Schwimmbad mit einem klitzekleinen Becken, das ist nicht mal richtig tief. Am Anfang schwimmen wir Bahnen, erst Brust, danach sollen wir kraulen. Und dann sind wir alle warm geschwommen und sollen Technik üben. Frau Frisch sagt, dass ich das schon ganz gut mache, aber dann korrigiert die doch so viel, dass ich denke, es ist ein Wunder, dass ich bis jetzt noch nicht ertrunken bin. Nach zwei Schulstunden sind wir alle sehr nass und schrumplig, Sport ist vorbei und wir werden zum Duschen geschickt.

Und dann stehen wir da in unseren Badeanzügen und sollen uns duschen. Das Wasser prasselt und alles hallt. Und wir haben nur die große Pause, um sauber und wieder trocken zu werden. Und gucken so aus den Augenwinkeln. Und dann sagt irgendeine »Ach was« und zieht sich den Badeanzug aus. Und es dauert gar nicht mehr lange, dann sind wir alle nackt. Aber das ist komisch, also, nicht witzig, sondern merkwürdig-komisch, auch wenn Lotta total rumalbert. Das ist nicht mehr so wie damals im Kindergarten im Sommer, wo man sich einfach ausgezogen hat und durch den Rasensprenger gehüpft ist. Da haben wir ja alle noch gleich ausgesehen. Kindergarten ist ja ewig her.

Wir schauen uns an und ich frage mich, ob das okay ist, dass ich sehe, dass eine aus der Parallelklasse schon Brüste kriegt. Und dass manche dicker oder dünner sind, und manche Po haben und manche gar keinen. Und manche eben Brüste kriegen und andere gar nichts haben.

Damals im Kindergarten, als wir noch klein waren, haben wir alle ausgesehen wie Frösche, mit Blähbauch und Beinen, die nur zum Springen da waren.

Aber wir gucken uns an, ich gucke und andere schauen mich auch an, und dann frag ich mich, was die sehen, was die denken. Ich bin kein Frosch mehr. Dann stell ich das Wasser aus, nehme den Badeanzug vom Wasserhahn und schau an mir herunter, Brust, Bauch, Beine und unten die Füße. Und dann wickel ich mich schnell in das Badetuch ein.

Nach der Englischarbeit stehen Natascha und ich auf dem Pausenhof. Ich schaue gerade auf mein Brot und frage mich, ob ich das mag oder es lieber wieder einpacke. Natascha seufzt. »Wegen Englisch?«, frag ich, aber sie schüttelt den Kopf und nickt in Richtung Tischtennisplatten.

»Weißt du, Tristan heißt ›der Traurige‹«.

»Aha«, sag ich. Natascha schaut weiter zu den Tischtennisplatten, weil Tristan da eben steht.

»Für mich heißt Tristan ›der Triste, der Langweilige‹«, sag ich. Aber sie lacht nicht.

»Das verstehst du nicht. Nomen est omen«, sagt Natascha. Das hab ich schon mal gehört.

Das heißt, der Name ist Voraussage, oder so was.

Wenn Tristan so blöde auf dem Schulhof steht wie immer und an seinem Brötchen rummümmelt, muss Natascha also seufzen und sagt »Der hat bestimmt ein schweres Herz«.

Das ist ganz schön. Ein schweres Herz. Das fühlt man richtig in der Brust. Dass es einen dann nach unten zieht. Dass man auch immer langsam und traurig gehen muss, weil jeder Schritt so unglaublich anstrengend ist. Ich schau mein Brot an, das auch irgendwie traurig aussieht.

»Da, schau, mein Brot ist auch traurig«, sag ich zu Natascha und halte ihr die offene Brotdose hin.

Natascha lacht nicht.

Natascha ist romantisch. Sie sagt »Tristan ist melancholisch«. Das ist auch ein schönes Wort.

»Ich glaub, ich bin unromantisch«, sag ich.

»Du bist zynisch«, sagt Natascha.

Die haut aber heute mit den Worten nur so um sich. Jetzt muss ich das nachschlagen. Als Natascha wieder zu den Tischtennisplatten seufzt, schreib ich mir schnell auf die linke Hand »zynisch«, damit ich das ja nicht vergesse.

Natascha dreht sich um und sagt, dass sie jetzt voll und ganz in Tristan verliebt ist. Dass sie das jetzt weiß. Und daran ist nichts zu rütteln und zu schütteln, das ist jetzt ihr Schicksal, so sagt sie das, »Das ist jetzt mein Schicksal«.

Das klingt ganz schön bedeutend.

Ich frag mich, ob ich wohl auch so ein Schicksal habe.

Ich stecke die Brotdose in die Schultasche und schaue, ob ich irgendwo diesen Hund sehe. Aber der ist bestimmt im Lehrerzimmer.

In der kleinen Pause zwischen Mathe und Deutsch komm ich vom Klo zurück, und Natascha und Leonie sitzen auf unserem Tisch, stecken die Köpfe zusammen und schauen dann nach hinten, wo sich Oskar und Tristan Sachen zuwerfen.

Natascha sagt was zu Leonie, und die seufzt laut und dann kichern sie.

Ich hab was verpasst. Was Lustiges. Aber Tristan und Oskar schmeißen da nur einen Papierball hin und her, weil irgendjemand gesagt hat, dass man nicht so richtig hart mit einem Papierball schmeißen kann, so, dass die Hand wehtut, wenn man ihn fängt.

Das machen die jetzt.

Und Natascha kichert mit Leonie und dann tuscheln sie wieder. Und mir tut irgendwas Kleines weh.

Kein Mensch kann einen Papierball so hart werfen, dass das wehtut. Idioten.

Dann klingelt es und Deutsch fängt an.

Als ich am Nachmittag zu Hause bin, sind alle noch weg. Papa und Jette sind arbeiten, Jonathan ist noch im Kindergarten. Ich mach mir den Eintopf von gestern warm und stell das Radio an. Dann kommt dieses Lied. Es fängt an und dudelt nicht einfach, wie Radio so dudelt. Es kommt zu mir und schaut mir ins Gesicht und tippt mir auf die Schulter, dass ich glaub, ich bin damit gemeint.

Nur ich. Und niemand sonst.

Das ist sonst nicht so. Musik ist halt da, läuft im Radio in Papas Auto zwischen Nachrichten und Verkehrsmeldungen. Oder Kindermusik von Jonathan, die immer und immer wieder in Endlosschleifen läuft, weil er nicht genug davon kriegt. Oder Lieder, zu denen Natascha und ich laut mitbrüllen und auf dem Bett rumhüpfen. Oder versuchen zu tanzen. Aber dieses Lied, das ist, als würde ich zum ersten Mal richtig Musik hören: Alles kribbelt und alles ist richtig, und als es vorbei ist, will ich es am liebsten gleich noch mal hören und dann noch siebzehn Mal, mindestens. Die im Radio sagen den Titel und wer es singt, das schreib ich schnell auf.

Dann such ich das Video dazu und den Text, dann schreib ich mir den in Schönschrift ab und höre dabei immer wieder das Lied. Ich schlage die Wörter nach, die ich nicht kenne, und ich glaube, ich weiß jetzt, wovon es handelt.

Und obwohl ich es so oft höre, wird es nicht langweiliger oder okay oder na ja oder so. Jedes Mal wieder dasselbe wunderbare Gefühl wie Achterbahn fahren. Oder am Meer sitzen. Oder am Geburtstag morgens aufwachen.

Dann hänge ich mir den Text über mein Bett. Und dann höre ich es noch mal.

Und dann noch mal.

»Pauline, schläfst du heute hier?«, fragt Jonathan beim Abendbrot.

»Ja«, sag ich.

»Und morgen?«

»Nein.«

»Wo schläfst du morgen?«

»Auf dem Mond«, sag ich.

Jonathan denkt nach.

»Gar nicht!«, sagt er.

»In einem Schloss«, sag ich.

Jonathan schaut Jette an, die schüttelt den Kopf.

»Im Meer«, sag ich.

»DU LÜGST!«, schreit Jonathan und stellt sich auf seinen Stuhl.

»Pauline«, brummt Papa.

»O. k.«, sag ich.

»Komm, Jonathan, das weißt du doch, wo schläft denn Pauline, wenn sie nicht hier ist?«

Er denkt nach. »Bei der Frau.«

»Und wer ist die Frau?«, fragt Jette.

Er denkt und denkt und denkt.

»Meine Mama«, helfe ich.

»Meine Mama!«, ruft er.

»Nein, meine«, sag ich.

»Lass mal das Thema wechseln, ich mag das heute nicht schon wieder alles erklären«, sagt Papa.

Ich glaub fast, Jette wollte gerade alle Familienfotos rausholen.

Aber dann setzt sie sich, zieht Jonathan zu sich und sagt »Wer ist deine Mama?«.

»Du!«, sagt er.

»Richtig. Und wer ist Paulines Mama?«

»Die Frau?«, sagt er.

Jette nickt.

»Und wie heißt die Frau?«, fragt Jette leise.

Jonathan denkt nach, irgendwann zuckt er mit den Schultern.

»Marlene«, sagt Papa.

»Marlene«, sagt Jonathan leise.

Als Jette Jonathan ins Bett bringt, sagt Papa plötzlich, dass Mama verliebt ist. Einfach so. Wir stehen da und sollen den Abwasch machen (ich nass, er trocken), und weil er erst mal warten muss, bis da Geschirr steht, das er abtrocknen kann, sagt er plötzlich »So, deine Mutter ist also verliebt«.

Als hätte ich ihm das gerade erzählt.

»Was?«, sag ich.

»Ach, weißt du das gar nicht? Deine Mutter ist neuerdings verliebt.«

Und dann brummelt er »Albern«.

»Die Teller«, sag ich und zeig auf die Teller, die nimmt er und trocknet sie ab und brummelt, und ich denk, vielleicht ist das so einer von seinen komischen Witzen, die ich nicht verstehe.

»Wir haben heute Englisch geschrieben«, sag ich.

»Aha«, sagt Papa und stellt einen Teller in den Schrank.

»War ganz schön schwer«, sag ich.

»Ja?«

Ich nicke und stelle ihm ein Glas hin.

»Sind bestimmt fünf aus der Klasse nicht fertig geworden.« Ich guck zu ihm und sag »Ich schon«.

»Mmh«, macht Papa.

»Hat deine Mutter mit dir gelernt?«, fragt Papa.

Und ich will schon antworten, da sagt er »Hat sie denn überhaupt noch Zeit für so was, wo sie jetzt doch verliebt ist? Albern ist das!«

Wenn das ein Scherz ist, ist der wirklich sehr unlustig.

»Und weißt du was, die aus der b, die haben jetzt einen Hund, hat Natascha erzählt! Weil der Klassenlehrer einen aus dem Tierheim geholt hat. Den bringt er jetzt jeden Tag mit in die Schule. Da hat er ein Körbchen und sitzt da. Im Klassenzimmer!«

Papa schaut zu mir und ich gucke angestrengt ins Spülwasser.

»Du weißt genau, dass wir kein Haustier haben können«, sagt Papa.

»Ich hab doch gar nichts gesagt!«

»Jonathan reagiert doch auf alles so allergisch.«

»Ich weiß. Ich meine ja nur ...«, sag ich und weiß gar nicht, was. Die aus der b haben einen Hund in ihrer Klasse und ich hab keinen. In keinem Zuhause.

Aber Papa redet schon weiter. Irgendwas mit Staub und Staubsauger, »Den Staubsauger hätte ich euch ja auch reparieren sollen, das kann ja jetzt der Schwarm deiner Mutter machen«.

Was meint der denn? Was für ein Schwarm?

Dann brummelt er wieder »So albern ist das!«.

»Albern« ist sein Wort des Tages.

Das macht er so lange, bis Jette in die Küche kommt und fragt, worüber er sich so aufregt. »Paulines Mutter ist neuerdings verliebt«, sagt er.

»Mensch, toll! Wurde ja auch Zeit!«, sagt Jette und schaut dann zu mir, während Papa weiterbrummelt und vergisst, dass da noch Geschirr für ihn zum Abtrocknen steht.

Dann motzt Papa auf einmal Jette an, und Jette motzt zurück und ich schau auf die Uhr und sage, dass ich noch Hausaufgaben machen muss, dabei stimmt das gar nicht.

Ich steh in meinem Zimmer und denk nach.

Das war kein Witz, der hat das ernst gemeint, dass Mama verliebt ist.

Mama hat gar nicht erzählt, dass sie verliebt ist. In wen denn eigentlich? Ich denke drüber nach, wen Mama so kennt. Da ist ihr Kollege, aber der ist schwul, der nicht. Ansonsten arbeiten da in ihrem Büro ein Haufen Frauen. Vielleicht mag Mama ja plötzlich Frauen. Bei uns im Haus sind alle alt oder zu jung oder zu verheiratet.

Da ist doch niemand. Papa will sie ja nicht, weiß ich ja.

Irgendwann kommt Jette und sagt, dass es Zeit fürs Bett ist.

»Hast du deine Sachen gepackt?«, fragt sie, weil ich ab morgen wieder den Rest der Woche bei Mama bin.

Ich nicke. Die kleine Sporttasche mit meinem Kram liegt neben dem Schreibtisch.

Sie schickt mich ins Bad, da mach ich mich fertig, wasche

mir das Gesicht, putz mir dir Zähne und bürste mir die Haare durch, dann zieh ich mir mein Nachthemd an.

In meinem Zimmer hat Jette mir schon meine Anziehsachen für morgen rausgelegt, weil ich das mag. Erst kletter ich auf das Bett, dann sie.

Ich rutsch an die Wand und sie macht die Lichterkette an. Und liegt neben mir, zieht mich zu sich und legt die Arme um mich.

»Was ist heute Schönes passiert?«, fragt sie. Jette streichelt mein Haar.

»Ich hab Musik gehört«, sag ich. Ich schau auf den Liedtext an meiner Wand.

»Das ist gut. Magst du sie mir mal vorspielen?«

»Ja«, sag ich.

Aber wir bleiben beide da liegen.

»Hast du dir eine Geschichte ausgedacht?«, fragt sie.

»Heute nicht«, sag ich.

»Dann morgen.«

»Ja.«

Jette streichelt mich und sagt dann »Träum von ...«.

»... jungen Hunden«, sag ich.

»Träum von jungen Hunden. Und schlaf sehr schön.«

»Du auch«, sag ich.

Jette gibt mir einen Kuss auf den Kopf, dann sagt sie Gute Nacht und steigt die Leiter runter.

3. Papa versucht Jonathan mit einem Toast zu füttern und ihm gleichzeitig die Jacke anzuziehen, weil wir schon wieder alle zu spät sind.

»Wann kommst du wieder?«, fragt Jonathan.

»Nächste Woche.«

»Wann ist das? Ist das morgen oder gestern?«, fragt er.

»Nach dem Wochenende.«

»Jonathan hat doch keine Ahnung, wann Wochenende ist«, sagt Papa genervt.

»DOCH, hab ich!!!«, ruft Jonathan, aber Papa hält ihm nur wieder den Toast hin und sagt »Abbeißen!«.

Dann klingelt Papas Telefon und er steht auf und flucht und jammert, weil sein Knie plötzlich wehtut.

Jonathan steht da mit einem Arm in der Jacke und dem Toast im Mundwinkel.

Ich knie mich vor ihn und er hält mir seinen Toast hin. »Abbeißen«, sagt er.

Also beiß ich ab und er kichert. Ich halte ihm den zweiten Ärmel hin und sag »Rein da!« und er steckt seinen Arm rein.

Dann friemel ich an dem kleinen Reißverschluss rum und bekomm ihn auch irgendwann zu.

»Fertig!«, sag ich.

»Fertig!«, sagt Jonathan, dann ruft er zu Papa »PAPA, ich bin FERTIG!«.

»Jaja«, winkt der ab.

»Wo ist Jette?«, frag ich Jonathan.

»JETTE!«, ruft der.

Jette kommt aus dem Bad gestolpert, Papa steht im Weg und versucht beim Telefonieren seine Schuhe anzuziehen.

»Wir sind fertig, Mama!«, sagt Jonathan.

»Und die Erwachsenen trödeln wieder«, sagt Jette, »na komm, sag Pauline Tschüs!«

»Tschüs, Pauline«, sagt Jonathan und drückt meine Knie, dann rennt er zur Wohnungstür raus.

Ein Kuss von Jette und weg sind sie.

Papa legt auf und guckt mich noch schlechter gelaunt an als eben.

»Was denn?«, frag ich.

»Du musst zum Zahnarzt, sagt deine Mutter.«

»Jetzt?«

»Nein, nicht jetzt. Jetzt Schule, morgen Zahnarzt, los, hopphopp, beweg dich!«

Als ich in der Schule ankomme, bin ich normal spät, aber Papa ist sehr spät und er ist RICHTIG schlecht gelaunt, als er mich an der Ampel rauslässt.

Dann komm ich an unserem Treffpunkt an und Natascha ist da, aber auch schon wieder Leonie.

»Hallo!«, sagt die superfreundlich.

Ich nicke nur.

Was will die denn von uns?

Dann guckt sie hinter mich und schubst Natascha in die Seite und zeigt zum Schultor.

Ich guck hin und denk, sonst was passiert da gerade, aber nix da.

»Was ist denn?«

Natascha sagt »Leonie ist in ... oh warte, Leonie, darf ich das erzählen?«.

Leonie nickt ganz ernst, also sagt Natascha »Leonie ist in Oskar verliebt«.

Leonie nickt wieder. Noch ernster.

Und dann schaut sie wieder zum Schultor, weil da eben gerade Oskar langläuft.

Der ist auch nicht so spannend. Aber wenigstens ist der nicht ganz so öde wie Tristan.

Und dann reden Natascha und Leonie über Jungs. Dazu seufzen sie viel und lachen.

Ich weiß gar nicht, warum Jungs plötzlich wichtig sind. Dass man dauernd darüber reden muss, über Jungs, über Gefühle, über den ganzen Herzschamott. Das war vorher nicht so, oder?

Das ist, als hätte es ein Zeichen gegeben, eine Hupe, einen

Startschuss, irgendwas. Als hätten sich alle verabredet. Nur mir hat keiner Bescheid gegeben.

Jette hat das mal gesagt, dass das irgendwann kommt. Dass Jungs irgendwann wichtig werden. Das ist dann wohl jetzt so. Ich frag mich, wie lange das dauert. Ob das irgendwann wieder aufhört.

Ich schau auf die Uhr und es ist noch Zeit, bis die Stunde anfängt. Also geh ich mir das mit dem Hund anschauen.

Die Parallelklasse hat ihr Klassenzimmer ganz woanders, wir sind im zweiten Stock, die im Erdgeschoss, und ganz auf der anderen Seite. Ich hab geschaut, was auf dem Raumplan an der Tür steht, wann der Klassenlehrer von denen da ist, der hat ja auch andere Klassen und nimmt den Hund dann da mit hin. Aber heute Morgen hat er seine eigene Klasse, also steh ich da an der Tür, als es zum ersten Mal klingelt, und warte.

Ich steh da einfach an der Wand und guck vor mich hin. Dann stellen sich welche neben mich, die sind aus der Parallelklasse. Ich kenn da niemanden. Die haben auch kein Reli mit uns oder Sport, das haben wir mit der c.

Ich merke, dass mich welche anstarren.

Wenn ich Kopfhörer dabeihätte, dann könnte ich mir die einfach in die Ohren stecken. Und hier stehen. Muss ja nicht mal Musik laufen, sieht dann einfach so aus, als höre ich Musik. Und steh dabei zufällig hier rum. Aber eben zufällig, nicht mit Absicht.

Ich glaub, der Lehrer von denen ist nicht pünktlich.

Dann stellt sich einer neben mich und schubst mich an. Sagt »Hey«.

Ich wackel, weil der mich geschubst hat. Aber ich schau ihn nicht an. Ich sag auch nicht Hey oder Hallo. Ich kann das gut, so tun, als hätte ich nichts gehört.

»Du bist gar nicht in unserer Klasse«, sagt der.

Stimmt.

Ich schau nach vorne, dann auf meine rechte Hand, dann tu ich so, als wär da Dreck unter einem Fingernagel oder so was. Als ob das sehr wichtig wäre.

Und dann kommt der Lehrer, und schau, da ist der Hund und wedelt. Ich weiß, was das für einer ist, das ist ein Labrador. Und der ist gelb. Oder blond. Oder einfach hell. Dann ist die Tür aber schon auf und alle Schüler gehen rein, nur der neben mir nicht.

Der Hund sitzt neben dem Lehrer und wartet, bis alle drin sind, dann sagt der Lehrer »Lukas? Kommst du?«.

Der meint nicht den Hund. »Na gut«, sagt der neben mir, stößt sich von der Wand ab und sagt »Tschüs« zu mir. Dann geht er rein.

Der Lehrer schaut mich an, der Hund schaut den Lehrer an und hechelt. Der Lehrer sagt »Hast du keinen Unterricht?«.

Ich geh einfach los, ohne was zu sagen. Schau nur noch kurz ins Klassenzimmer rein und sehe das Körbchen, grün ist das. Dann geht die Tür zu, und ich renn los.

In der Pause laufen Natascha und ich Runden ums Schulhaus, weil es zu kalt ist zum Rumstehen.

»Das ist ein Labrador«, sag ich.

»Aha«, sagt Natascha, und ich mag sie, weil sie einfach weiß, was ich meine, dabei hab ich das gar nicht erklärt.

»Ein schöner?«, fragt sie.

»Schon.«

Natascha wartet, aber weil ich nicht mehr erzähle, sagt sie irgendwann »Weißt du, was toll wird?«.

»Was?«, frag ich und schau auf unsere Füße runter, mach einen Hopser, damit wir im Gleichschritt laufen.

»Wenn ich irgendwann reich und berühmt bin und dieses tolle Haus habe ...«

»Mit dem riesengroßen Garten«, sag ich.

»Ein Park ist das!«, sagt sie, »Mit Schwimmbad, Wasserrutsche und Open-Air-Kino.«

»Ja. Was dann?«

»Dann hast du ja auch ein Haus, direkt neben meinem.«

»Klar«, sag ich.

»Und dann kannst du diesen großartigen Hund haben. Weil ich ja nicht allergisch bin.«

»Und ich hab immer Zeit für den Hund.«

»Und wenn du mal keine Zeit hast, dann pass ich auf ihn auf«, sagt sie.

»Und das ist der tollste Hund der Welt. Der lächelt und ist schlau und der kann rechnen.«

»Und wie heißt er?«, fragt sie und bleibt stehen und schaut mich an. Ich grinse.

»Weiß nicht«, sag ich.

»Du lügst«, sagt Natascha, schubst mich in die Seite und grinst auch.

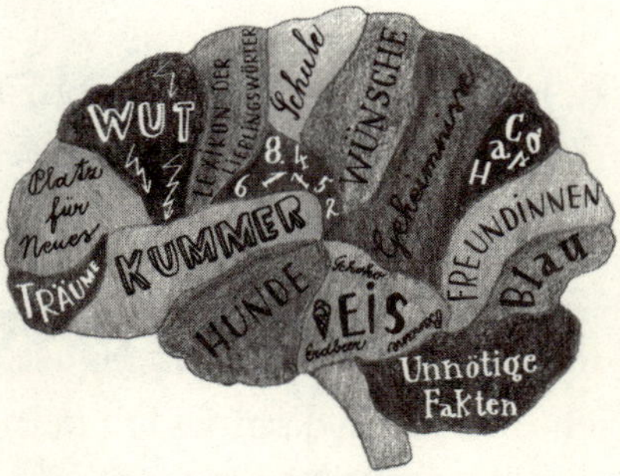

DAS HIRN

der große Aussortierer

4. Statt Reli haben wir heute Vertretung beim Hofmann. Der ist unser Deutschlehrer. Wegen dem haben wir neuerdings so ein »Wort des Tages« in unserer Klasse.

Der Hofmann hat nämlich so einen Abreißkalender zu Weihnachten bekommen, und seit den Weihnachtsferien bringt er manchmal ein Wort mit. Aber nur wenn wir keine Arbeit schreiben. Oder wenn wir eben wie heute Vertretung haben. Und wenn er das Wort gut findet. Interessant. Und vor allem »angemessen«. Keine Ahnung, was der damit meint.

Das ist ganz nett, das mit den Wörtern, weil er dann erst mal ewig erzählt von dem Wort, wo es herkommt, wie man es benutzt, und dann schweift der immer ab. IMMER.

Und dann guckt er irgendwann auf die Uhr und sagt, dass er sich schon wieder verquatscht hat und jetzt muss er ganz schnell weiter im Text.

Das sagt der auch immer. »Weiter im Text.«

Aber heute ist ja nur Vertretung, da darf er abschweifen.

Das Lustige ist, wenn der Hofmann so ein Wort mitbringt, taucht es danach bestimmt drei Mal woanders auf. In der Werbung. Im Radio. Irgendwo. Ich weiß auch nicht, warum.

Die Schule ist vorbei und ich lauf nach Hause. Nach Hause zu Mama. Da kann ich hinlaufen, da muss ich keinen Bus nehmen, das ist eigentlich ganz nett. Donnerstag kommen wir fast zeitgleich nach Hause.

Dann kochen wir was zusammen. Heute Kartoffeln mit Soße und Gemüsebratlinge und Salat. Ich mach das Dressing. Und das Gemüse schneiden wir zusammen.

Dann essen wir. Dann räumen wir das Geschirr in die Spülmaschine. Dann wischt sie den Tisch ab und macht uns eine Kanne Tee.

Danach gehen wir beide an unsere Schreibtische. Eigentlich. Aber jetzt frage ich sie, warum das so ist, dass das Wort des Tages immer überall auftaucht.

Papa hätte jetzt gesagt »Das bildest du dir ein«. Aber Mama gibt gute, echte Antworten und sagt, dass so was »selektive Wahrnehmung« heißt.

Als ich frage, was selektiv heißt, zeigt sie auf das Regal zum Fremdwörterbuch.

Nicht am Tablet, oder auf dem Handy soll ich gucken, immer muss ich im Wörterbuch nachschlagen.

Und erst dann erklärt sie, was das Ganze heißt. Erstens also: Das Gehirn ist ein großer Aussortierer. (Und selektiv heißt »auf Auswahl, Auslese beruhend; auswählend ... oder TRENNSCHARF«, was ist das denn bitte für ein tolles Wort!)

Sie sagt, dass man zwar alles sieht und hört, was um einen rum passiert, dass sich das Gehirn aber nur für manche Sachen entscheidet. Also dafür, was es alles genau hören oder sehen will. Das ist wie scharf stellen oder ranzoomen, dann aber auch wieder nicht. Warum es das macht? Weil es sonst viel zu viel zu verarbeiten hätte, und darauf hat es keine Lust oder dafür hat es keine Zeit. Also wird nur rausgepickt, was von alldem man überhaupt wirklich sieht und hört (weil man nämlich auch nicht alles auf einmal hören und sehen kann), und was man davon dann überhaupt behält. Da wird nämlich noch mal aussortiert.

Aha. »Die Guten ins Töpfchen, die Schlechten ins Kröpfchen!«, sag ich, denn das hab ich jetzt verstanden.

»Mit Wertung hat das nichts zu tun«, sagt Mama. Dann sieht sie, wie ich gucke, und sagt »Die angeblich Wichtigen ins Töpfchen. So richtig wichtig sind die Sachen, die wir uns dann merken, oft gar nicht.«

Und dann sagt sie, dass es dazu im Regal noch dieses und jenes Buch gibt, aber ich muss jetzt Hausaufgaben machen.

Also gehen wir beide an unsere Schreibtische.

Mama hat nur ein klitzekleines Zimmer, aber dafür haben wir ein Büro. Oder eine Bibliothek. Da ist sie die meiste Zeit. Und ich auch. Obwohl ich einen Schreibtisch in meinem Zimmer hab. Aber in so einem Büro kann man gut arbeiten. Wenn man ruhig ist. Und das ist die Regel. Ich schau immer wieder rüber zu Mama. Sie sieht weniger verliebt aus als Natascha. Nämlich gar nicht. Vielleicht hat Papa sich ja geirrt. Mama sieht aus wie immer.

Ich weiß nicht, ob Mama in der Mittagspause auch irgendwo rumsteht, um irgendwen zu beobachten. Ob sie auch jemanden hat, der dabeistehen muss. Damit das nicht nach Absicht, sondern nach Zufall ausschaut. Und ob Mama dem dann auch ganz oft über die Schulter seufzt.

Als ich fertig bin mit Hausaufgaben, schlag ich »Labrador« nach.

Labrador ist eigentlich zuerst eine Gegend in Kanada gewesen, bevor es ein Hund wurde. Und jetzt sagt man »Labrador« und jeder denkt an einen Hund und nicht an die Landkarte von Kanada. Wir haben sogar ein Buch über Kanada im Regal.

Dieses Buch hat aber vor allem Bilder.

Von Landschaften. Von Städten und Menschen.

Es ist so schwer, dass ich es mit beiden Händen auf dem Schoß halten muss, weil es außen auch noch ganz glatt ist. Wenn das fällt, donnert's.

Mama steht auf und sucht was.

Ich blätter weiter.

Manchmal redet Mama mit sich selbst, aber keine ganzen Sätze, nur einzelne Wörter. Manchmal sogar nur Silben. »La-La-La«, sagt sie jetzt. Und muss ich lachen, weil sie ja nicht singt.

Ich sag »Labrador!«.

Da dreht sie sich um und schaut zu mir. Ich glaub, sie hatte schon wieder vergessen, dass ich da sitze.

»Labrador liegt in Kanada«, sag ich und stelle mir plötzlich vor, wie ein riesengroßer Hund quer über Kanada liegt. Und hechelt.

Mama antwortet nicht.

Aber sie kommt näher und schaut mir über die Schulter und zeigt auf ein Bild im Buch.

»So will ich leben«, sagt sie irgendwann.

Da ist nur ein kleines Haus, kein Garten, aber ein Baum, kein Zaun, nichts. Und auch keine Farbe, alles nur schwarz-weiß.

Aber da ist doch nichts, will ich sagen.

Aus dem kleinen Schornstein steigt Rauch auf, ich glaub, da ist Winter, denn das ganze Blatt ist sonst weiß. Bestimmt ist das Schnee.

Kein Himmel, keine Menschen.

»Ja«, sagt Mama. Und schaut noch ein bisschen auf das Bild, dann atmet sie einmal laut ein und aus und geht wieder zurück an ihren Schreibtisch zu ihrer Arbeit.

Da sind nicht mal Fußspuren im Schnee. Oder ein Weg. Und Mama hat »ich« gesagt, nicht »wir«.

Am Abend gibt es Brote, Apfelschnitze und Lavendeltee. Der riecht wunderschön, macht aber auch müder als müde. Also Zähne putzen, waschen, Nachthemd anziehen. Sachen für morgen rauslegen.

Dann leg ich mich ins Bett und Mama kommt und setzt sich an den Rand. Ich dreh mich auf den Bauch, mein Gesicht ist an ihrem Bein und sie hat eine Hand auf meinem Rücken.

Streicht auf und ab.

»Wie war deine Woche bis jetzt?«, fragt sie.

»Gut.«

»Du musst morgen zum Zahnarzt, vergiss das nicht. Jan holt dich von der Schule ab und bringt dich hin.«

Mama sagt fast nie »dein Vater« oder »Papa«. Und dann denk ich an Papa und was der gesagt hat.

Ich muss doch eigentlich nur fragen. Sagen »Mama, sag mal, bist du eigentlich verliebt?«.

Das ist eine Ja/Nein-Frage, darauf kann man sehr schnell antworten, weil man eben nur JA oder NEIN sagen kann oder vielleicht VIELLEICHT.

Danach wird's kompliziert.

Dann muss ich fragen »In wen?«.

Mama streichelt weiter meinen Rücken auf und ab. Meine Augenlider sind ganz schwer vom Tee.

Und dann muss ich bestimmt fragen, ob der, in den sie verliebt ist, jetzt zu uns zieht und ob sie heiraten und noch mehr Kinder wollen. Oder vielleicht hat der ja auch schon Kinder und die müssen dann auch hier einziehen.

»Wie war die Englischarbeit?«, fragt Mama

»Okay. Gut«, sag ich, damit sie sich keine Sorgen macht.

»Wie geht es Natascha?«

»Die ist verliebt«, sag ich und halte die Luft an. Vielleicht sagt sie jetzt »Oh, wie ich! Ich bin nämlich auch verliebt!«

»Aha«, sagt Mama, aber das klingt nach gar nichts, das ist einfach nur »Aha«.

»Lies nicht mehr so lange, ja?«, sagt sie dann, klopft zweimal leicht auf meinen Rücken und sagt »Gute Nacht, schlaf schön. Bis morgen.«

Das Nachtlicht ist noch an, sie macht die Tür leise zu.

Wenn ich sie frage, wenn ich mich traue zu fragen, dann muss ich mir auch ihre Antwort anhören, ob ich will oder nicht.

5. Wenn ich also zu Hause bei Mama schlafe, kann ich morgens zu Fuß zur Schule, das mach ich, auch wenn ich dann ein bisschen später als Natascha ankomme.

Auf dem Weg fällt mir ein, dass das aber auch heißt, dass dann bestimmt wieder Leonie da steht. Leonie hat eigentlich immer mit Joana zusammengehangen. Die ist aber in den Winterferien weggezogen.

Das heißt aber noch lange nicht, dass Leonie sich jetzt an meine Natascha ranmachen muss.

Zack, bin ich schlecht gelaunt.

Mama hat mal gesagt, dass ich das von Papa habe, dass ich mir von einem auf den nächsten Moment die Stimmung verhageln lasse. Weil jemand was Blödes sagt. Weil ich an eine Klassenarbeit denke. Weil ich Nachrichten geguckt habe. Zack, peng, schlechte Laune. Und da ist auch nicht mehr dran zu rütteln.

Aber dann komm ich in der Schule an und Natascha steht da wie immer und wartet auf mich, und zwar NUR auf mich.

Das ist gut.

»Okay«, sag ich, als ich bei ihr bin, »Papa hat also letztens was gesagt«, fang ich an. Und Natascha nickt und wartet, bis ich weiterrede.

»Dass Mama angeblich verliebt ist.«

»In wen?«

Ich zucke mit den Schultern.

»Weißt du mehr?«

»Nein.«

»Glaubst du, das hat er sich ausgedacht?«

»Warum denkt man sich so was aus?«

Natascha überlegt, dann zuckt sie mit den Schultern.

»Und hast du deine Mutter gefragt?«

Ich schüttel den Kopf.

Natascha holt ihr Pausenbrot aus der Tasche, wickelt es aus und beißt ab. Wenn sie nachdenkt, muss sie essen.

»Willst du sie fragen?«

Ich sag »Ich weiß nicht« und meine »Nein. Niemals.«

Und weil ich nicht weiterrede, fängt sie an zu erzählen, von Artur, ihrem Bruder. Der hat neuerdings eine Freundin und ist gar nicht mehr zu Hause, weil er immer bei ihr ist.

»Die knutschen«, sagt Natascha. »Mit Zunge, ich hab das gesehen.«

»Wo denn?«

Dann erzählt Natascha, dass sie gestern mit denen im Kino war, weil Artur ihr das zu Weihnachten geschenkt hat, einmal ins Kino. Jetzt hat Natascha ihn festgenagelt, »weil es ja schon Februar ist!«, und dann hat er aber noch seine Freundin mitgenommen. »Und die haben den ganzen Film lang geknutscht. War ich froh, dass der Film so laut war. Knutschgeräusche sind echt eklig. Das klingt wie … wie wenn man durch Matsch läuft.«

Natascha packt ihr Brot wieder ein.

»Also«, sagt sie und schaut irgendwohin, und jetzt weiß ich, dass ich warten muss, bis sie weitererzählt. »Heute will ich mutig sein.«

»Wie mutig?«, frag ich.

Da sagt sie nichts und grinst nur. Hat die Hände tief in die Anoraktaschen gesteckt und hibbelt hin und her, als müsste sie ganz dringend aufs Klo.

»Wie mutig?«, frag ich noch mal, und erst guckt sie an mir vorbei und grinst, dann sagt sie: »Ich hab einen Brief geschrieben!« Und natürlich klingelt es dann und alle rennen ins Schulhaus, weil es heute echt bitter-, bitterkalt ist und drinnen ist es warm, also alle Schüler rein ins Haus, und ich weiß immer noch nicht, was für einen Brief. Aber so was fragt man ja auch nicht auf der Treppe in den zweiten Stock, wenn da noch bestimmt fünfzig andere mithören. Mindestens. Also kommen wir am Klassenzimmer an und die Tür ist schon offen, und als unsere Englischlehrerin Miss Kraft uns sieht, sagt sie »So, hinsetzen«. Und zetert, weil sie uns die Englischarbeit zurückgeben will und »NOT HAPPY« ist. Das sagt sie mehrmals, laut, und dazu schaut sie über ihre Lesebrille alle an. Alle.

Natascha kramt weiter in ihrem Ranzen, dabei hat sie schon alles auf dem Tisch, was wir brauchen.

Als sie wieder auftaucht, hat sie einen ganz roten Kopf und lässt eine Hand unter der Tischplatte.

»Was hast du da?«, flüstere ich.

Aber sie schaut nur nach vorne. Als sich Miss Kraft umdreht, um was an die Tafel zu schreiben, dreht sich Natascha zu Leonie und gibt ihr was.

Und die dreht sich auch gleich weiter um zu Hannah. Und die zu Jakob.

Das ist wie eine kleine Welle, die nach vorne schwappt.

»Was war das denn?«, frag ich Natascha.

Die hat rote Backen und starrt einfach weiter nach vorne. Das sitzt Tristan.

»Der Brief?«, frag ich, aber Natascha starrt nach vorne, als gäbe es mich gar nicht.

Gerade als Miss Kraft sich wieder zur Klasse dreht, wirft Jannek Tristan was auf den Tisch. Der guckt, dann legt der seine Hand drauf, weil die Kraft uns wieder anschaut und streng guckt, weil es ganz schön viele schlechte Noten gab.

Der Brief.

Natascha schaut zur Tafel, halb an Tristan vorbei, der irgendwann den Brief anguckt, der ihn gar nicht aufmacht, sondern einfach in seine Tasche wirft. Einfach so.

Natascha sagt nichts, alle gucken zu Tristan und zu ihr. Dann beugt sich Jannek rüber und flüstert ihm was ins Ohr, dabei zeigt er nach hinten zu uns, zu Natascha.

Die hat so rote Ohren, ich glaube, die fallen ihr gleich ab.

Tristan guckt kurz, aber so kurz, der kann uns gar nicht richtig gesehen haben, denk ich. Dann zuckt er mit den Schultern.

Da sagt die Kraft, dass wir alle so unaufmerksam sind und dass es da ja kein Wunder ist, wie die Arbeit ausgefallen ist, und fängt an auszuteilen.

Natascha hat eine Zwei plus. Aber ich glaub, die sieht das nicht mal.

Das ist also selektive Wahrnehmung.

In der Pause gehen wir woandershin als sonst, heute verschanzen wir uns im Mädchenklo, weil es draußen kalt ist. Da stehen wir an der Heizung und warten, bis es wieder klingelt. Hier ist vielleicht was los.

Da stehen welche an, da streiten sich welche, ich glaub, da rauchen auch welche, weil eine an eine Tür klopft und ruft »Ey, die Dallmer ist eben schon mal reingekommen, wenn die euch erwischt!«.

Und von hinter der Tür ruft jemand »Ismirdoegal!«.

Eine schminkt sich. Eine schreibt Hausaufgaben ab. Eine telefoniert, dabei haben wir an unserer Schule eigentlich Handyverbot. Aber auch Rauchverbot.

Wenn ich das Mama oder Papa oder Jette erzähle.

Natascha steht neben mir und isst ihr Pausenbrot.

»Was stand denn drin?«, frag ich irgendwann.

Natascha schaut auf ihr Brot, klappt dann beide Scheiben auseinander und zieht ein Stück Papier vom Käse. »Mensch, Mama«, sagt sie leise und schmeißt das Papier in den Mülleimer.

»In dem Brief, was hast du denn da geschrieben?«, frag ich, als sie wieder neben mir an der Heizung steht.

Natascha wird rot.

»Ist doch nicht schlimm«, sag ich.

»Doch. Peinlich ist das. Scheiße.« Und Natascha flucht echt nicht oft.

»Dass du in ihn verliebt bist?«, frag ich leise, und Natascha macht »SCHT!«, dabei war ich echt nicht laut.

»Ist doch egal. Scheiß Brief.«

Dann guckt sie ihr Brot an, sagt noch mal »Scheiße«, schmeißt das Brot ganz in den Müll und geht raus.

Ich will ihr hinterher, aber dann steht da plötzlich die Dallmer in der Tür und brüllt »Ich glaub, hier hat wohl jemand vergessen, dass Rauchen an dieser Schule strengstens untersagt ist« und jemand flucht, und die am Telefon steckt ihr Handy weg, und dann klingelt es zur nächsten Stunde.

Natascha und ich haben gar keine Zeit mehr, miteinander zu reden, weil wir in Mathe einen unangekündigten Test schreiben und danach alles noch mal zusammen durchrechnen, weil wir dann in Deutsch die ganze Stunde einen Text vorlesen, und in der großen Pause muss sie zur Schülerzeitung.

Und ich steh da und hab Leonie an der Backe.

»Hallo«, sagt die.

»Hallo«, sag ich.

»Na?«, fragt sie.

»Was na?«

Leonie zuckt mit den Schultern. Und schaut mich einfach nur an.

Ich versteh die nicht.

Ich hol mein Pausenbrot raus und esse es so langsam und so aufmerksam, wie ich noch nie in meinem Leben ein Brot gegessen habe.

Leonie steht nur neben mir und schaut mir dabei zu.

»Ganz schön mutig von Natascha, was? Ich hätt mich das ja nicht getraut«, sagt sie plötzlich, und dann schaut sie mich nicht mehr an, weil der angeblich so tolle Oskar vorbeiläuft und sie den anglotzen muss.

»Was meinst du mit mutig?«, frag ich.

Oskar steht jetzt bei den Tischtennisplatten.

»Ich hätte Oskar nie 'nen Brief geschrieben«, sagt sie.

»Warum nicht?«

»Weil ...«, sagt sie, aber warum, weißt sie wohl doch nicht so genau, weil sie dann erst mal nachdenken muss. »Was, wenn der mich nicht mag? Oder wenn der mich doof findet? Oder wenn er sich über mich lustig macht? Das ist doch total peinlich!«

»Und wenn nicht?«, frag ich irgendwann.

»Was, wenn nicht?«

»Was, wenn er dich mag, wenn er dich nicht doof findet. Wenn er sich einfach über den Brief freut?«

Leonie denkt nach und kriegt ganz rote Backen.

Dann schaut sie mich an.

»Nee, ich könnte das nicht«, sagt sie wieder.

Und ich glaube, die hätten das alle vergessen, was in der ersten Stunde passiert ist. Hat ja keiner mehr was gesagt. Aber dann haben wir Vertretungsstunde. Und irgendein Lehrer, der so was wie Müller, Schneider, Meyer, Schmidt oder so heißt, kommt rein und redet mit uns darüber, dass ja bald Valentinstag ist.

Und wo das herkommt.

Und warum man das macht.

Und als es eben um die Liebesbotschaften geht, gucken wieder alle zu Tristan und Natascha und fangen an zu lachen und zu flüstern, dass MeyerMüllerSchmidt sehr wütend und laut wird und sagt, dass er sich das alles so nett vorgestellt hätte, aber er könnte auch Grammatik mit uns machen, SO sei das ja nicht.

Und weil sich dann keiner mehr einkriegt und er uns noch dreimal ermahnen muss (nur mich und Natascha nicht, weil die bloß dasitzt und mucksmäuschenstill ist und auf das Arbeitsblatt zum Valentinstag starrt), fängt er dann doch irgendwann an mit Satzteilen und Wortarten und was weiß ich.

Natascha ist so rot, ich glaub, die glüht.

Ich frage mich, ob schon mal jemand vor Peinlichkeit gestorben ist. Und woran man merkt, dass jemand gerade kurz davor ist, vor lauter Scham zu sterben. Weil ich mir echt Sorgen um Natascha mache.

Und danach kann ich auch nicht mehr mit Natascha reden, weil mich Papa dann von der Schule abholt, weil er mich zum Zahnarzt bringen muss. Ich soll direkt nach Schulschluss vor dem Tor stehen, weil er das in seiner Mittagspause macht. Ich steh da, Papa kommt angerast, dabei ist hier verkehrsberuhigte Zone, und dann drängelt er, dass ich mich mit dem Einsteigen beeilen soll. Papa müpft genauso wie Jonathan. Weil Mama gestern am Telefon nicht nett zu ihm war. Und weil er das jetzt machen muss, in der heiligen Mittagspause.

Weil er mich zum Zahnarzt bringt und sie nicht mal Danke sagt. Papa ist sonst derjenige, der Sachen absagt oder verschiebt. Aber der hat ja Jette, und die springt dann für ihn ein.

»Sagst du denn auch Danke, wenn Mama mich zum Zahnarzt bringt?«, frag ich, aber er hört mir überhaupt nicht zu, sagt dann, dass sie ja neuerdings immer was zu tun hätte und er immer für sie einspringen müsste, was ja so nicht abgemacht gewesen war. »Gemeinsames Sorgerecht!«, sagt er so laut, dass ich ein bisschen zusammenzucke.

»Ist doch wahr! Muss wahrscheinlich die ganze Zeit mit ihrem neuen Gschpusi verbringen.«

Papa ist aus Bayern. Das hört man manchmal.

Dann kommt ein Lied im Radio, das Papa mag, und zack, ist die schlechte Laune wieder weg und er dreht laut.

Und trommelt aufs Lenkrad. Und beim Refrain singt er mit, schubst mich an und grinst. »Die hab ich DREIMAL im Konzert gesehen! Und einmal hab ich mit dem Sänger sogar gekickert!«

»Echt?«, sag ich, er nickt, das Lied ist vorbei und die Ampel vor uns schaltet auf Rot und Papa flucht und bremst.

»Du«, sag ich.

»Ja?«

»Ich hab einen Film über Genetik gesehen. Also, wie Sachen in uns vererbt werden.«

»Aha.«

Die Ampel wird grün, Papa fährt los.

»Von den Eltern. Also, von wem man die Nase hat, die Haare, das Kinn, die Blutgruppe vielleicht.«

»Mmmh«, macht Papa.

Dann sag ich erst mal nichts, weil ich gar nicht weiß, was ich sagen will.

Ich sehe aus wie Mama. Und wenn Papa was an mir doof findet, sagt er »Das hast du von deiner Mutter«.

Gene hat man von den Eltern, eine Hälfte von Mama, die andere von Papa. Aber manchmal denk ich, Mamas Gene in mir sind so groß, dass sie alle von Papa an den Rand schubsen. Dahin, wo es unwichtig ist. Dass ich so aussehe wie sie und so bin wie sie. Und von Papa hab ich vielleicht, wie er sich die Schuhe zubindet oder ich krieg auch irgendwann mal so haarige Zehen wie er. Hobbitfüße hat der.

Aber wenn ich irgendwas Tolles gemacht hab, dann hab ich das von ihm, sagt er. Dann nennt er mich »mein Mädchen« oder »meine Tochter«. (Manchmal nennt er mich auch »Stinkstiefel«. Oder »Olga«. Obwohl ich gar nicht Olga heiße, nicht mal mit zweitem Namen.)

Ich hab das noch mal genau nachgeschaut mit den Genen, es gibt nämlich zwei Arten. Mamas Gene sind wohl dominant und die von Papa rezessiv.

Das sind gute Wörter.

Hoffentlich hab ich nicht Papas Füße.

»Was hab ich denn von dir? Oder von Oma und Opa? Oder meinen Urgroßeltern? Weißt du das?«

Weil es ja nicht sein kann, dass ich nur Mama bin.

Papa schaut mich an.

»Meinen Witz, mein Talent, meinen Charme«, sagt er und zählt noch mehr Sachen auf, die er sich jetzt gerade ausdenkt. Der guckt mich nicht mal an, der zählt nur auf, was er so für Spitzenqualitäten hat, und schaut auf die Straße.

»Papa«, sag ich.

Aber der guckt nur blöde vor sich hin.

»Bin ich nur wie Mama?«, frag ich.

Im Radio kommen plötzlich Verkehrsnachrichten, sehr laut, und Papa stellt leiser.

Er hat das wohl nicht gehört. Und dann sieht er einen Parkplatz und freut sich, weil der so nah beim Zahnarzt ist und wie gemacht für uns.

6. Papa hat mich dann nicht nach Hause gefahren, sondern zu Mama ins Büro. Ich versteh das nicht.

Er sagt, er hat keine Zeit, und das mit dem Abholen, das wäre eh schon Mamas Aufgabe gewesen, dann kann ich auch …

Das macht alles keinen Sinn, ich glaub, das weiß er auch. Deswegen redet er auch so laut und aufgeregt, und das beim Autofahren. Also sag ich nur noch Okay und frag nicht weiter.

Und dann steh ich bei Mama vor dem Büro. Also, vor dem Haus. Und Papa ist schon weggefahren.

Ich kann ja auch in den Bus steigen, aber dann gibt es bestimmt auch wieder wegen irgendwas Streit, weil ich alleine Bus fahre oder so, dabei fahr ich seit Ewigkeiten allein Bus.

»Ich kenn dich«, sagt jemand neben mir, und dann »Warum guckst du denn das Haus so an?«.

Ich schau nach rechts und da steht ein Junge.

»Du kennst mich gar nicht«, sag ich.

»Doch, du gehst auf meine Schule und ich hab schon mal mit dir geredet«, sagt er.

Was ja gar nicht stimmt, weil ich nicht mit ihm geredet habe.

»Wohnst du hier?«, fragt er.

»Nein.«

»Ich wohn hier«, sagt er und zeigt auf ein Haus auf der anderen Straßenseite.

»Schau, da im ersten Stock, das Fenster mit den roten Vorhängen.«

Ich will ja gar nicht hingucken, aber die Augen machen das ganz automatisch, da, andere Straßenseite, da, erster Stock, da, rote Vorhänge.

»Aha«, sag ich.

»Ich bin Lukas«, sagt er.

Ich dreh mich wieder um und schau dann auf meine Uhr.

»Du musst jetzt sagen, wie du heißt.«

Ich sag gar nichts und geh in das Haus mit Mamas Büro.

»Tschüs«, ruft er mir hinterher.

Als ich die Treppe hochsteige, denk ich plötzlich, dass Mama vielleicht doch in jemanden im Büro verliebt ist. Ich war schon so lange nicht mehr hier.

Weil sie das nicht mag, wenn ich im Büro bin. Weil das ihre Arbeit ist. Und nicht zu Hause. Weil sie das nicht vermischen will, sagt sie, und ich denk, dass das nach Kuchenbacken klingt.

Komischer Gedanke.

Ich bin ganz schön langsam hochgelaufen, so langsam, wie es geht, aber jetzt steh ich hier im Flur, und da steht ein Tresen, da ist Frau Klauß, die sieht mich und sagt »Paulinchen!« und steht auf und kommt um den Tresen zu mir und nimmt mich in den Arm und knutscht mich auf die Backe.

»Was machst du denn hier?«, fragt sie.

Ich sag nicht, dass Papa mich hier ausgesetzt hat, dabei stimmt das, aber Mama will nicht, dass die bei der Arbeit so was wissen. Also sag ich nur, dass ich zu Mama will.

Frau Klauß nimmt mich am Arm und geht mit mir den Flur runter, ich schau auf die Türschilder, die da hängen, und kenne die Namen, alle, nein, die meisten. Da ist einer neu.

Und die Tür zum Kopierraum steht ein bisschen offen, und da steht jemand, das ist ein Mann. Den kenn ich nicht. Der ist neu. »Da sind wir«, sagt Frau Klauß und macht Mamas Tür auf, nachdem sie gerade mal kurz geklopft hat und Mama gar keine Zeit gehabt hat, um »Herein« zu sagen. Mama ist am Telefon, guckt uns an und freut sich nicht.

»Ihre Tochter«, sagt Frau Klauß halb leise und Mama winkt, wie man so winkt, wenn man am Telefon ist und mit jemand anderem redet.

Frau Klauß sagt noch, dass ich noch mal bei ihr vorbeikommen soll, bevor ich gehe, und dann macht sie die Tür zu.

Mama schaut mich an und telefoniert weiter. Ich steh da, die Tür im Rücken, und hinter Mama seh ich ein Fenster mit roten Gardinen.

Da geht gerade ein Licht an, weil es draußen langsam dunkel wird.

Mama sagt die Sachen, die sie sagt, wenn sie ein Telefonat beenden will. Das weiß die Person am anderen Ende bestimmt nicht. Aber wenn Mama so oft »Alles klar« und »Ja« und so ein langes »Guuut« sagt, dann steht die quasi schon an der Tür und hat eine Hand auf der Klinke. Aber eben am Telefon.

Und irgendwann ist dann auch die andere Person fertig. Mama verabschiedet sich, legt auf und hat dann auch keine Telefonstimme mehr.

»Pauline«, sagt Mama.

Ich hab die ganze Zeit zur anderen Straßenseite geschaut. Das geht jetzt nicht mehr.

Jetzt muss ich Fragen beantworten.

Ob Papa mich zum Zahnarzt gefahren hat.

Ob alles mit meinen Zähnen in Ordnung ist.

Und dann, warum ich hier bin.

Ob was passiert ist.

Und ich antworte, ja, ja, weiß nicht, nein.

»Wieso weiß nicht?«

Ich zucke mit den Schultern, dann sag ich, dass Papa mich hierhergefahren hat, und mehr weiß ich nicht.

Dann ziehen sich Mamas Augenbrauen zusammen, das knäult richtig, eigentlich sollte das auch ein Geräusch machen.

Ich warte darauf, dass sie auf Papa schimpft, dass sie mir weiter Fragen stellt, die ich eh nicht beantworten kann, aber das macht sie nicht, sie schaut auf ihre Uhr und sagt, dass sie dann heute früher Schluss macht, aber nicht gleich, und dass ich mich noch eine Stunde lang selbst beschäftigen müsste, und zwar in Ruhe. Hausaufgaben machen. Lesen.

Da steht noch ein kleiner Tisch, an den ziehe ich mir einen Stuhl und dann packe ich meine Schulsachen aus.

Mama greift wieder zum Telefon und wählt und redet mit irgendwem, und dann tippt sie sehr laut.

Dann geht die Tür auf und es klopft an den Türrahmen.

Mama schaut hoch und hat auf einmal einen roten Fleck am Hals. Ganz plötzlich ist der da, als hätte sie jemand geschlagen oder so.

In meinem Rücken sagt jemand ihren Namen. Und zwar ihren Vornamen.

Ich dreh mich um und da steht einer.

In der letzten Deutscharbeit mussten wir Menschen beschreiben.

Und ich denke, wenn ich den beschreibe, das geht nicht.

Der hat: ein Gesicht, eine Nase, Augen, Mund, Haare, Hände, Arme und so weiter. Was ein Mensch so hat. Der trägt auch Sachen.

Und ich weiß, dass man nicht »irgendwie« sagen soll. Aber der ist genau das. Irgendwie ist der.

Larifari. Der hat irgendwelche Augen, die irgendeine Farbe haben, aber das ist so langweilig, dass ich gar nicht genau hingucken will.

Meine Augen fallen mir fast zu vor lauter »irgendwie«. Der sieht so langweilig aus, dass meine Augen bestimmt gleich anfangen zu gähnen. Die rutschen richtig an dem ab.

Aber Mama, wie die dasitzt, kerzengerade, und der Fleck ist jetzt ein roter Teich auf ihrem Hals, und sie fummelt an ihrem Kragen rum.

Der redet auch so öde, dass ich gar nicht richtig höre, was der sagt.

Aber ich höre, wie Mamas Stimme jetzt klingt.

Das ist keine Bürostimme. Keine Telefonstimme. Keine »Warum bist du hier und nicht beim Zahnarzt«-Stimme, aber auch keine Zuhausestimme.

Ich kenn die Stimme gar nicht.

Der Typ guckt mich nicht an, ich glaub, der guckt Mama auch nicht richtig an, der sagt irgendwas langweiligblablabla, Bürolabaluba, und Mama antwortet mit der neuen Stimme, die ich echt komisch finde, und dann geht er.

Und als er geht, schaut er mir eine Millisekunde in die Augen. Nicht aus Neugier, weil ich da sitze und ihn anstarre, sondern aus Versehen, glaube ich. Sein Blick ist ihm einfach in mein Gesicht ausgerutscht. Der guckt dann auch ganz schnell weg. Und verschwindet, husch.

Dann schau ich wieder zu Mama, die jetzt ganz rot ist und auf die Uhr sieht und sagt »Komm, pack deine Sachen zusammen, ich mach jetzt Schluss«. Dabei ist noch gar keine Stunde vergangen, nicht mal eine halbe.

Mama wurschtelt rum und scheucht mich ein bisschen. Als hätten wir einen Termin und ich würde trödeln.

Sie schiebt mich vor sich aus ihrem Büro, und als wir den Gang entlanggehen, schau ich in das eine Zimmer, das mit dem neuen Namen. »Stein«, heißt der. Stein, nicht vergessen. Mama ist in einen Stein verliebt. Und Papa hat nicht gelogen.

Flocke

Bolle

Fräulein Frida

7. Ich schleiche um Mama rum, am Samstag, obwohl wir da beide immer zusammen einkaufen gehen, obwohl ich das eigentlich gern mache und sie auch.

Dass wir uns vorher zusammensetzen und überlegen, was wir Leckeres dieses Wochenende kochen wollen, ob wir vielleicht auch was backen. Und dann schauen wir zusammen nach, was wir haben und was wir brauchen, dann schreiben wir eine Liste, und für die bin ich verantwortlich.

Das machen wir beim Frühstück, wenn wir Tee trinken – English Breakfast für Mama, Rooibosh für mich – und Honigbrötchen essen, mit klebrigen Fingern.

Und dann kochen wir und backen und machen es uns schön.

Aber dieses Wochenende muss Mama zu Hause arbeiten, weil… ich hab's vergessen. Irgendwas, von dem ich eh nicht weiß, was es bedeutet, irgendeine Prüfung oder Quartalsdingens oder keine Ahnung.

Also husch, husch.

Mama hat schon eine Liste geschrieben, als ich zum Frühstück komme, da steht mein Tee, und ihrer ist schon angetrunken und sie hat mit dem Essen auch nicht auf mich gewartet, da liegt also die Liste und daneben steht eine Thermoskanne mit meinem Tee. »Ich geh an den Schreibtisch«, sagt sie, und dass ich sagen soll, wenn ich fertig bin mit Frühstücken, damit wir dann schnell einkaufen gehen können.

Schnell.

Und so geht das weiter.

Schnell. Schnell Zähne putzen, schnell anziehen, schnell Taschen einpacken und los mit dem Auto, schnell durch den Verkehr, schnell einkaufen, zahlen, einpacken, schnell zurück.

Dann räumen wir schnell ein und sie sagt, dass wir um eins essen und sie bis dahin am Schreibtisch ist.

Ich mache meine Hausaufgaben, die restlichen, in meinem Zimmer.

Dann versuche ich zu lesen.

Dann schau ich aus dem Fenster.

Dann auf die Uhr, und es ist gerade mal halb zwölf, gerade mal Samstag.

Das ganze Wochenende muss Mama arbeiten.

Das ganze Wochenende denk ich, Mama ist verliebt und hat es mir nicht erzählt. Und ich muss sie nicht mal fragen, weil ich es selbst gesehen habe. Weil ich sogar weiß, in wen.

Eigentlich sind alle Fragen beantwortet, die ich hatte. Und plötzlich sind da so viel mehr.

Ich ruf Natascha an, aber die geht nicht ran. Dann ruf ich bei ihr zu Hause auf dem Festnetz an, aber da ist auch niemand.

Dann denk ich nach, ob ich irgendwas vergessen habe, dass sie wegfährt übers Wochenende oder so. Aber mir fällt nichts ein. Also schreib ich ihr eine Nachricht. Und noch eine.

Und ich seh auch, dass die gelesen werden. Aber ich bekomme keine Antwort.

Dann ist Samstag vorbei.

Mama bringt mich ins Bett, aber schnell und müde mit Falte auf der Stirn.

Dann schlafe ich, dann ist Sonntag.

Natascha hat nicht geantwortet.

»Hänschen, piep einmal«, schreib ich.

Und warte.

Mama frühstückt nicht und sagt aber, dass es ihr leidtut und nächstes Wochenende macht sie alles wieder gut. Alles.

Ich schleiche durch die Wohnung, weil Mama nur bei Stille arbeiten kann. Also kein Radio zum Frühstück. Keine Videos im Internet, höchstens mit Kopfhörern.

Ich werde kribbelig und nehme meine Jacke, die Mütze, den Schal und Handschuhe, dann klopf ich bei Mama am Büro, dann mach ich die Tür einen Spaltbreit auf, Kopf rein.

Mamas Stirn, Mamas Mund, kein Lächeln.

»Ich geh mal raus.«

Mama nickt und fragt nicht, wohin.

Dann sag ich, dass ich zum Mittagessen wieder da bin. Mama nickt noch mal und dreht sich schon wieder zum Computer.

Ich steh da, aber sie sagt nichts mehr, also mach ich die Tür zu.

Februar gehört verboten.

Wenn ich ein Waldtier wäre, würde ich jetzt schlafen.

Aber ich bin jetzt draußen. Ich hab kein Fell, ich trag einen Pulli und Hosen und drunter Strumpfhosen, weil es echt kalt ist, dicke Wollsocken, dicke Schuhe, Anorak, Mütze, Schal, Handschuhe. Mir ist trotzdem kalt. Ich frag mich, wie das die Menschen früher ausgehalten haben. Die hatten keine Daunenjacken. Und keine Zentralheizung. Und bei denen war nichts isoliert. Und warmes, fließendes Wasser hatten die auch nicht.

Bin ich froh, dass ich nicht im Mittelalter lebe.

Jetzt steh ich auf der Straße rum, warte auf Grün, dabei kommt kein Auto von links, keins von rechts, meilenweit ist kein Auto in Sicht. Aber die Fußgängerampel steht auf Rot, am Schalter leuchtet »Signal kommt«, also warte ich, bis das Signal kommt.

Dann geh ich zum Park.

Dann geh ich im Park zum Hundeplatz. Der ist extra eingezäunt, damit die Hunde da ohne Leine laufen können.

Ich stell mich an den Zaun und gucke.

Da ist Flocke. Der ist halb Wolfshund, halb Husky. Der wird mal sehr groß. Der ist jetzt schon sehr flauschig. Als hätte man ihn frisch aus dem Wäschetrockner geholt. Der ist aber auch ein Schisser. Wenn's dem zu wild wird, versteckt der sich hinter den Beinen seiner Besitzerin. Dabei ist der jetzt schon größer als die meisten anderen Hunde.

Dann ist da Paule, der fetzt und schnüffelt und manchmal sagt sein Frauchen »Paule, aus!«, weil er wieder was gefressen hat, was er nicht fressen darf.

Und Fräulein Frida, die ist klein und bernsteinfarben. Vor der haben alle anderen Hunde Angst.

Ein Mops namens Bolle. Der ist, glaub ich, sehr alt. Der atmet sehr laut.

Dann noch so ein schwarzer wuschliger, der heißt Zwitty, der spielt am liebsten mit Bällen.

Und eine Schäferhündin namens Ricky.

Manchmal kommen auch andere Hunde.

Manchmal stell ich mir vor, was die Hunde wären, wenn sie keine Hunde wären. Das Spiel ist von Natascha. Weil ihre Mama an Wiedergeburt glaubt, hat Natascha irgendwann mal gesagt: »Guck mal, der Hund da war im letzten Leben bestimmt ein Dressurpferd.«

Meistens sind die Hunde dann im letzten Leben andere Tiere gewesen.

Aber da war mal einer, da waren wir Eis essen (letzten Sommer, oh Mann, ist das lange her, Sommer!), und haben vor dem Café auf einer Mauer gesessen. Dann kam so ein kleiner Terrier raus, der aussah, als wollte er nach dem Rechten schauen. »Der war bestimmt Bodybuilder. Oder Türsteher. Oder beides«, hat Natascha gesagt, und dann hat einer »Dieter, komm wieder rein!« von drinnen gerufen und wir haben uns nicht mehr eingekriegt vor Lachen.

Heute ist da ein Hund mit drei Beinen. Zwei hinten, eins vorne.

Normalerweise werd ich dann ganz traurig, wenn ich Hunde mit drei Beinen oder so sehe. Aber der hier ist noch schneller als die anderen. Und wenn er an ihnen vorbeiwetzt, bleibt er manchmal stehen und dreht sich um, als würde er sich über sie lustig machen.

Mit einem dicken, fetten Hundegrinsen.

Boah, ist der frech.

Die anderen versuchen ihn zu kriegen, aber der ist schneller.

Und dreht sich um und lacht sie aus.

»ROCKO!«, ruft einer, der Hund dreht sich um und sprintet in die Richtung der Stimme.

Da steht ein Mann. Der leint ihn an. Dann gibt er einem Jungen die Leine und der Hund hüpft den Jungen an und der Junge beugt sich runter und streichelt den Hund.

Dann guckt er hoch (der Junge) und sieht mich, schaut mir direkt in die Augen, dabei steh ich bestimmt ... keine Ahnung, wie viele Meter weit weg.

»HEY!«, ruft er.

Der wohnt doch gar nicht hier. Der hat doch gesagt, dass er bei Mamas Büro wohnt. Was macht der denn hier?

Soll ich jetzt weggehen oder stehen bleiben?

Lukas macht das Tor zum Hundeplatz auf, der Hund hüpft vor, der Mann folgt ihnen.

Und die ganze Zeit schaut Lukas zu mir, also kann ich mich gar nicht umdrehen und weggehen, aber mal im Ernst, der hat einen Hund. Ich möchte den Hund echt gerne kennenlernen.

Auch wenn Lukas komisch ist. Der Hund ist ganz schön gut.

Ich bleib da also stehen, auch wenn meine Beine lieber losgehen würden, aber ich bleib da stehen, als Lukas kommt und noch mal »Hey!« sagt, dann steht er direkt vor mir und sein Hund springt an meinem Bein hoch.

»Darf ich ihn streicheln?«, frag ich.

Das muss man fragen. Find ich. Man sollte nicht einfach Hunde streicheln. Die wollen das bestimmt auch nicht bei jedem. Wenn ich einen Hund hätte, müsste man immer erst mal mich fragen.

»Klar«, sagt Lukas.

Ich geh in die Knie und Rocko springt mir halb ins Gesicht, aber nicht schlimm, der will Küsschen geben und an mir riechen und Hallo sagen.

Ich erwisch ihn und streichel ihn ein bisschen, die Ohren sind ganz samtweich.

»Hallo«, sag ich.

Zum Hund.

»Hallo«, sagt Lukas. »Das ist Rocko.«

»Hallo, Rocko«, sag ich.

Und der lächelt mich an und dann Lukas.

Wenn einen so ein Hund anlächelt und anwedelt, geht das ja gar nicht anders, da muss man auch lächeln (wenn man schon selbst nicht wedeln kann).

Dann schau ich hoch und der Mann steht neben Lukas und sagt »Hallo, ich bin der Vater von Lukas«.

Ich find das so dämlich, wenn Eltern das sagen. Wie soll ich die denn nennen? Hallo, Vater von Lukas? Und Sie, oder Du? In Zukunft kann ich ja auch einfach so was sagen wie »Ich bin die Tochter von Jan« oder so.

Ich nicke. Er hält mir die Hand hin, also geb ich ihm meine und er schaut mich an mit einem großen Fragezeichen auf der Stirn, da sag ich »Pauline«.

Lukas grinst.

»Wohnst du hier?«, fragt er.

Ich zucke mit den Schultern.

»Weißt du nicht?«, sagt Lukas.

»Doch.«

Dann schau ich runter. Das ist schon ein toller Hund. Und ich durfte ihn streicheln.

Also zeig ich in Richtung zu Hause und sag »Da wohn ich. Aber nur Donnerstag bis Montag.«

Lukas zeigt auf die andere Seite vom Park und sagt »Ich wohn da. Von Samstag bis Mittwoch.«

Und dann sagt er »Das blaue Haus«.

Da steht auch nur ein blaues Haus, also weiß ich schon wieder, wo der wohnt.

Ich guck auf die Uhr und sag »Oh, ich muss los, schönen Tag noch, tschüssi«.

Und dann geh ich ganz schnell heim.

Ich renne nicht, aber ich gehe so schnell, dass ich daheim ganz außer Puste bin.

Aber das liegt bestimmt auch an den ganzen Klamotten, die ich anhabe.

Zu Hause ist alles still.

Ich schau auf die Uhr, dann geh ich in die Küche und fang schon mal an Kartoffeln zu schälen.

8. Montags weckt mich Mama. Sie klopft zweimal, kommt ins Zimmer, macht die Vorhänge auf und setzt sich an mein Bett, dann streicht sie über meinen Rücken (ich schlaf auf dem Bauch) und sagt »Pauline, aufwachen!«.

Dann wach ich auf und geh ins Bad, da bin ich alleine, das muss ich mir mit niemandem teilen, weil Mama schon fertig geduscht und angezogen ist.

Dann frühstücken wir und dann putz ich mir die Zähne und dann schreibt Mama mir einen Zettel, woran ich diese Woche denken muss, den gibt sie mir, der ist für Jette.

Ich packe meine Schulsachen ein und was ich für die nächsten Tage so brauche und nicht sowieso bei Papa habe.

Dann gehen Mama und ich los. Mama drückt mich kurz, sagt »Bis Donnerstag, Pauline« und ich drück sie ein bisschen länger und fester und geb ihr noch einen Kuss auf die Backe. »Tschüs, Mama, bis Donnerstag.«

Manchmal sag ich dann so was wie »Mach keinen Unfug« oder »Sei ein braves Mädchen« oder »Zähne putzen nicht vergessen«, und dann sagt sie, dass ich albern bin (aber mit Lächeln).

Aber heute fällt mir nichts ein, außer dass Mama jetzt ins Büro geht zu diesem Stein und sie sich freut, und alles, was ich sonst so sagen würde, passt nicht. Also geh ich los und sie steigt ins Auto und fährt weg.

Natascha steht gar nicht da, wo wir uns jeden Morgen treffen. Montags ist sie immer vor mir da, weil ihre Mutter sie auf dem Weg zur Arbeit hier absetzt. Und die fährt ganz schön früh los, damit sie nicht in den Verkehr kommt.

Aber Natascha ist nicht da. Ich hab mich heute extra beeilt. Weil ich das ganze Wochenende nichts von ihr gehört habe, nicht mal einen Piep hat sie gemacht, und ich muss ihr doch vom Stein erzählen, und sie fragen, wie es ihr geht, wo sie überhaupt war das ganze Wochenende.

Ich hab seit Freitag niemandem von dem Stein erzählt. Ich muss das einmal laut sagen. Damit ich es selbst höre. Ich muss laut mit jemandem nachdenken. Das ist wichtig, mit anderen Menschen zusammen nachdenken, weil man selbst ja nur die eigenen Gedanken haben kann, und manchmal braucht man jemanden, der mit einem neuen Gedanken um die Ecke kommt, damit man selbst wieder auf neue Gedanken kommt und immer so weiter. Ich dreh mich seit Freitag im Kreis.

Der Kreis besteht aus dem Stein, Mamas komischer Stimme, dem roten Fleck auf ihrem Hals, und dass Papa recht hatte. Mit Natascha geht das sehr gut, laut nachdenken.

Aber die ist einfach nicht da. Vielleicht sind sie und ihre Mutter heute wirklich in den Verkehr geraten.

Also steh ich da und tippel von einem Bein aufs andere, weil es echt ganz schön kalt ist. Den ganzen Winter war es nur wie ekliger Herbst. Nass und grau und bäh, aber jetzt im Februar kommt der Winter doch noch mal rum und sagt »Haha, reingelegt, schau, wie derbe kalt ich sein kann«.

Ich steh da und tippel. Es kommen immer mehr, aber weit und breit keine Natascha, dafür kommt Leonie und sagt Hallo und fragt, wo Natascha ist.

Ich sag erst Hallo und dann zucke ich mit den Schultern.

»Ist die krank?«

Ich hab doch gerade schultergezuckt. Wenn ich nicht weiß, wo sie ist, dann weiß ich doch erst recht nicht, ob sie krank ist, oder?

Also sag ich »Weiß ich nicht«.

Dann stehen wir da dumm rum und schweigen und gucken beide in Richtung Tor, als ob man Natascha einfach so herbeistarren könnte, wenn man nur angestrengt genug schaut. Sie kommt aber nicht.

Also sagt Leonie »Doof, dass Tristan gar nichts mehr zu ihr gesagt hat, oder? Ist sie jetzt traurig? Wegen dem, was die Jungs gesagt haben?«

Ich mach den Mund auf und will … ich weiß gar nicht, was ich als Erstes sagen will.

Wie jetzt?

Und ach ja. Der Brief. Das war ja auch am Freitag. Das fühlt sich alles schon so weit weg an.

Und ich will doch eigentlich über Stein und Mama reden, aber ich mach den Mund auf und es klingelt.

Und Leonie zuckt mit den Schultern, nimmt ihren Rucksack und geht los.

Was heißt denn eigentlich, »was die Jungs gesagt haben«? Welche Jungs? Und was haben die überhaupt gesagt? Ich renne Leonie hinterher und halte sie am Ärmel fest.

Die guckt mich mit großen Augen an.

»Was haben die Jungs denn gesagt?«, frag ich.

»Na, weißt schon«, und auch das ist dämlich, wenn ich es nämlich wissen würde, würde ich ja nicht fragen. Aber so, wie Leonie jetzt rumdruckst und auf ihrer Unterlippe rumkaut, schindet die bestimmt nur Zeit. Jetzt will ich erst recht wissen, was die Jungs gesagt haben.

Alle gehen an uns vorbei ins Schulhaus.

»Los. Sag.«

Leonie sagt dann also, dass sie am Freitag auf dem Weg nach Hause gehört hat, wie sich Oskar und Finn und noch einer aus der Sechsten mit Tristan unterhalten haben, und dass die blöde gelacht haben die ganze Zeit. Und Tristan gefragt haben, ob er denn jetzt mit Natascha zusammen ist, wann geheiratet wird und wann geknutscht und lauter so Kram. Und dann hätte Tristan gesagt »Gar nicht« und angeblich hat er sogar ausgespuckt.

»Das hast DU gehört oder wer?«

Leonie nickt. Ja. Sie ist hinter denen gegangen, und die Jungs hat das gar nicht interessiert, wer ihnen da zuhört.

Und es geht noch weiter.

Die Jungs haben blöde gelacht und Tristan ist gar nicht so

trist oder traurig, der ist ein Arsch, der dann gesagt hat, dass Natascha sie ja wohl nicht mehr alle hat. Was die denn denkt. Dass er in sie verknallt ist, oder was, und wie Scheiße er das findet (ich selbst fluche ja gar nicht so viel, aber Tristan hat das angeblich alles so gesagt, jedenfalls laut Leonie). Dann hat er noch ein paar sehr unschöne Worte benutzt (»unschön« ist aber eigentlich ein schönes Wort, das sollte ich öfter benutzen) und damit jedes Mal Natascha gemeint. Meine Natascha. Meine tolle und liebe und feine und lustige Freundin Natascha.

Leonie wird richtig rot. Jedes Mal wenn sie ein Schimpfwort benutzt, wird ihre Stimme leiser und sie guckt zu Boden. Als hätte sie das alles über Natascha gesagt.

Inzwischen sind alle Kinder drin und nur noch die großen schlurfen an uns vorbei, die nehmen das nicht so ernst mit dem Pünktlichsein.

Leonie ist fertig und ich bin so was von sauer.

Ich glaub, mein Kopf platzt.

Da ist jetzt nicht nur der Mama-Stein-Kram drin, jetzt ist da noch ein großer stinkender Müllcontainer mit Oskar, Tristan und Finn und irgendeinem aus der Sechsten.

»Tut mir leid«, sagt Leonie.

Ich versteh Leonie nicht, was tut der denn jetzt leid? Die hat das doch alles gar nicht gesagt, die hat doch nur zuhören müssen.

(Manchmal denk ich, Leonie und ich sprechen nicht dieselbe Sprache. Das sind zwei Sprachen, die klingen zwar gleich, aber die bedeuten was ganz, ganz anderes).

Aber warte mal.

»Hast du das Natascha denn erzählt?«

Leonie nickt. »Meinst du, Natascha kommt deswegen heute nicht?«, fragt sie, und jetzt stehen wir schon ganz allein auf dem Hof.

Ich zucke mit den Schultern.

Ach herrje. Echt jetzt.

Den ganzen Tag bin ich hibbelig, denke, vielleicht kommt Natascha ja noch. Oder wenn sie nicht kommt, dann ist sie vielleicht doch einfach nur krank. Ist ja auch Winter, da werden Menschen alle Naselang krank.

In jeder Stunde starre ich Tristan in den Nacken, so hart, der kriegt bestimmt gleich Schmerzen oder einen Krampf oder Warzen davon.

Der Platz neben mir ist leer und bleibt leer.

Das ist doch dämlich.

Das ist alles selten dämlich.

Und jetzt fällt mir erst auf, dass ich gar nicht weiß, was genau in dem Brief gestanden hat.

Und ich frag mich, ob Tristan den überhaupt gelesen hat. Oder die Jungs.

Und warum ist das denn ein Problem? Sie hat ihm ja bestimmt nur nette Sachen geschrieben.

Ich versteh ja nicht, was sie an dem findet, aber der sollte sich ein Loch in den Bauch freuen, dass irgendwer ihn toll findet.

Und nicht so tun, als hätte ihm jemand in die Lieblingsschuhe gespuckt.

Und überhaupt, warum muss denn Natascha jetzt zu Hause

bleiben? Dann ist Tristan eben ein Depp. ’ne Luftpumpe. Die allerletzte Wurstbude. Der stinkt bestimmt. Immer. Aber dann muss Natascha doch nicht zu Hause bleiben. Dann soll der doch zu Hause bleiben.

Ich bin so sauer.

Ich bin so sauer und muss hier sitzen und daheim sitzt Natascha, weil der da vorne bescheuerte Sachen über sie gesagt hat. Dabei sollte sie hier neben mir sitzen, und dann würde ich sagen »Ey, der, den kannste doch an der Bushaltestelle vergessen«.

Und dann sagt Natascha »Der, von dem kannste ja noch nicht mal Reli abschreiben«.

Und ich sag »Der, der darf noch nicht mal Triangel spielen«.

Und das machen wir die ganze Zeit, bis Tristan einfach nur noch irgendwer ist.

Und dann lacht Natascha. Und dann ist alles wieder gut.

So ist das doch sonst, wenn Natascha sich über irgendwen Doofes ärgert. Über ihren Bruder. Über ihre komische Nachbarin. So haben wir das doch immer gemacht.

Warum hat sie denn auch gar nichts gesagt?

Ich halte den ganzen Schultag durch, sieben Stunden keine Natascha, sieben Stunden Tristan in den Nacken starren, sieben Stunden nicht wissen, wie es Natascha geht. Sieben Stunden so tun, als würde ich zuhören und mitlesen und lernen und denken und mitarbeiten, dabei bin ich kurz davor überzukochen.

Nach der Schule schreibe ich Jette schnell eine SMS, dass ich zu Natascha fahre, dass mein Akku aber gleich leer ist und ich von da aus noch mal anrufe.

Ich nehme den Bus, dann fahre ich acht Stationen, dann steig ich aus und laufe noch ein paar Hundert Meter und dann steh ich vor Nataschas Haus und dann klingel ich und dann noch mal und dann noch mal.

Und irgendwann ist sie endlich an der Gegensprechanlage und hat eine ganz müde Stimme, als sie »Jaaa?« sagt.

»Ich bin's, mach auf!«

Und das Türöffnerbrummen, das dann kommt, hat auch noch nie so traurig und müde und schlapp geklungen.

Dann renn ich die Stufen hoch und sag schnell »Hallo«, geh zum Telefon, rufe zu Hause an, Jette geht ran, ich sage »Jette, ich bin jetzt bei Natascha, ich komm später. Tschüs!«

Und lege auf, bevor sie mir was verbietet oder so.

Und dann gucke ich Natascha an.

Die hat ihren Snoopy-Schlafanzug an.

»Bist du doch krank?«, frag ich.

Natascha steht da und schaut mich nicht an. Sie zuckt mit den Schultern, und dann geht sie in ihr Zimmer. Da legt sie sich in ihr Bett und dreht sich zur Wand.

Liegt da einfach nur rum. Als wäre ich gar nicht hier.

Also geh ich zu ihr, zum Bett, setz mich an den Rand und schubse ihren Hintern mit meinem Hintern ein bisschen zur Seite. Umdrehen tut sie sich immer noch nicht.

Aber ich glaub, sie weint auch nicht. Ich leg mich trotzdem mal dazu und schubs sie noch ein bisschen weiter, weil das Bett nicht so superbreit ist. Und dann bin ich der große Löffel für die Suppe und Natascha der kleine für den Nachtisch.

Ich hab den Arm um sie gelegt und wir liegen einfach da.

Und ich warte.

Und warte.

Bis ich mich irgendwann frage, ob sie eingeschlafen ist.

Aber dann tut sie so einen schweren verstolperten Atemstoß, der klingt ein bisschen sehr wach und ein bisschen sehr traurig.

Ich drück sie so gut, wie das im Löffelchen geht (dass man nie weiß, was man mit dem anderen Arm machen soll, schlimm ist das. Das könnte sonst sehr nett sein.)

Und dann sag ich »Hey«.

Kommt nichts.

Und dann sag ich »Du«.

Und warte.

Und dann dreht sie sich halb um, liegt jetzt auf dem Rücken und schaut zur Decke. Sie hat die Hände auf den Bauch gelegt.

Dann macht sie noch so ein tiefes Atemseufzgeräusch und steht auf.

Dann macht sie Musik an. Aber nicht Radio, sondern eine CD.

Und dann setzt sie sich aufs Bett neben mich (ich sitze jetzt nämlich wieder) und legt ihren Kopf auf meine Schulter.

Was sagt man denn jetzt?

Fang ich jetzt an auf die Jungs zu schimpfen? In den Filmen, die Jette gerne guckt, machen das die Frauen. Erst schimpfen die auf die Jungs, und später seufzen sie die wieder an.

Oder einfach still sein und trösten. Still trösten. Schweigend.

Oder aufheitern? Witze erzählen? Oder ganz ablenken und was vollkommen anderes erzählen?

Und dann knurrt mein Magen, weil es ja Mittag ist und der

denkt, dass ich jetzt am Mittagstisch sitze und was zu essen bekomme.

Ganz laut mault es aus meinem Bauch, als hätte der plötzlich Stimmbänder und wollte uns mal was vorsingen.

Ich lach ein bisschen, weil es echt laaaange knurrt, und sag dann »Sorry«, weil das bestimmt nicht angebracht war.

Aber das ist okay, weil Natascha auch ein bisschen lacht und dann sag ich »Toast time?«.

»Toast time« ist eigentlich woandersher. Papa war mal im Urlaub und hat da Kanadier kennengelernt, und einer von denen meinte »What time is it?« und Papa hat dann so was gesagt wie »Viertel nach acht«, aber der sagte »No, it's TOAST TIME!«.

Das war eigentlich gar nicht so lustig, weil es ums Anstoßen ging, aber dann haben Natascha und ich mal an einem Nachmittag eine ganze Packung Toast plattgemacht, und jetzt heißt das »Toast time«.

Ist gar nicht so witzig. Aber Toast ist gut.

Also sitzen wir am Küchentisch mit je einem Glas Milch und Frühstücksbrettchen vor uns, dazu Butter und Käse, und hier läuft das Radio, während in Nataschas Zimmer weiter traurige Musik läuft.

Zwei Scheiben springen aus dem Toaster, die trag ich mit heißen Fingerspitzen zum Tisch, dann leg ich zwei neue Scheiben nach.

Natascha hat natürlich ihrer Mutter nicht gesagt, dass sie wegen Tristan daheim bleiben will.

Das hätte die gar nicht mitgemacht.

Natascha hat so getan, als hätte sie Bauchweh und ihr sei übel. Das ganze Wochenende schon.

»Mir ist auch echt schlecht«, sagt sie und ich sag »Jaja«.

Und Nataschas Mutter hat dann gesagt, dass sie bestimmt ihre Tage kriegt. Weil die ihre Tage angeblich schon mit elf bekommen hat.

Natascha hat die noch gar nicht (ich auch nicht), aber ihre Mutter wartet darauf wie ein Geier. Gruselig ist das. Das bedeutet aber auch, dass Natascha jetzt weiß, was sie sagen muss, damit sie eine Auszeit bekommt.

Ziepen im Bauch.

Oder »Mir ist schwummrig«.

Und übel ist ihr dann auch noch.

Und dann ist sie auch müde und hat vielleicht auch ein bisschen Kopfweh.

Das würde bei Mama nie funktionieren. Erstens sieht die, wenn ich lüge, und zweitens muss mir schon der Arm abfallen, bevor sie mich zu Hause bleiben lässt. Sagt Papa jedenfalls.

Der übertreibt ja gern.

Also, nicht Arm ab, aber Fieber muss schon sein. Und nicht nur »Mir ist übel«, ich muss mich mindestens einmal übergeben haben.

So ein Toast ist schnell geschmiert und schnell gegessen, und deswegen ist es wichtig, immer gleich nachzulegen.

Und dann sagt Natascha, wie peinlich ihr das alles ist.

Und dabei wollte sie doch mutig sein.

Ich mach »Pppfft« und Natascha guckt mich mit großen Augen an.

Und damit sie nicht denkt, dass ich sie meine, sag ich »Das sind doch Pfosten. Das sind doch Papiereimer. Die haben doch nicht mehr alle Stifte im Mäppchen!«

Natascha lächelt, aber sie macht noch nicht mit.

Also sag ich »Ich find dich mutig. Ich hätte das nicht gemacht.«

»Einen Brief geschrieben?«

Eigentlich hätte ich mich vor allem nicht in Tristan verliebt, aber das sag ich nicht, das klingt nach »selbst schuld«.

»Was stand denn drin?«

Natascha schiebt ihr Käsetoast ein paar Millimeter hierhin und dahin und schaut es dabei genau an. Und zuckt mit den Schultern.

Warum sagt sie denn nichts?

(Und ganz klein und ganz hinten in meinem Kopf sagt eine Stimme »Leonie wusste bestimmt, was drinstand« und dann »Warum die? Warum nicht ich?«)

Natascha sagt nichts mehr, also hol ich die nächsten Scheiben Toast und frage, ob ich noch eine Runde reinwerfen soll, aber sie hat ja noch nicht mal das erste Brot fertig gegessen. Und schüttelt den Kopf.

Ich schmier mir mein Brot und mümmel es. Und sie sitzt nur da und schaut auf ihr Brot und schaut raus.

Und dann kommt ihre Mutter nach Hause, sagt, sie hat sich extra ein bisschen freigenommen, und dann guckt sie Natascha fragend an, na, und Natascha sagt, nee, aber dass es ihr auch schon ein bisschen besser geht. »Ein bisschen«, sagt sie, und dann, dass sie sich aber noch mal hinlegen will.

Und ihre Mutter sagt, dass das vielleicht ja auch nur ein Wachstumsschub ist, und küsst sie auf die Stirn.

Dann schaut sie mich an, sagt, dass es nett ist, dass ich für Natascha die Hausaufgaben vorbeigebracht habe. Ich hätte ja auch einfach anrufen können.

Ich nicke, das mach ich nächstes Mal. Heute geh ich. Jetzt geh ich. Gute Besserung, sag ich zu Natascha, aber die ist schon wieder auf dem Weg in ihr Zimmer, in ihr Bett, da läuft immer noch dieselbe Musik wie eben. Dasselbe Lied. Und als es aufhört, fängt es gleich wieder von vorne an.

Aber da bin ich schon im Hausflur und die Tür fällt hinter mir zu.

Von Natascha zu Papa dauert es über eine halbe Stunde zu Fuß. Von Natascha zu Mama muss ich in die andere Richtung und es dauert nur ein bisschen mehr als zwanzig Minuten.

Ich stehe da und sollte nach Hause und weiß gerade nicht, in welches. Ich muss. Ich will.

Zu Hause bei Mama bin ich allein, bis sie aus dem Büro zurückkommt. In dem es jetzt einen Stein gibt, der macht, dass Mama eine andere Stimme hat. Der DU zu ihr sagt.

Bei Papa sind jetzt schon alle da, Papa und Jonathan und Jette, und die Bude ist voll. Und Jette ist vielleicht ein bisschen angefressen, weil ich so kurzfristig zu Natascha gegangen bin.

Ich will nachdenken.

Ich glaub, ich muss nachdenken, laut nachdenken, aber die, mit der ich nachdenken will, die liegt jetzt im Bett und hört traurige Musik. Wegen einem, der Traurig heißt. Jetzt mal im

Ernst. Vielleicht hätte man sich das denken können, dass einer, der Traurig heißt, auch traurig macht. Nomen est omen. Jawoll.

Ich trete nach einem Papiertaschentuch, das da zusammengeknüllt auf dem Boden liegt, aber das fliegt nicht so weit, wie es sollte. Nicht mal einen Meter weit. Da liegt es schon wieder.

Ich glaub, ich bin wütend.

Aber auf wen oder was bin ich wütend?

Auf Papa, weil er mich ganz kirre gemacht hat mit seinem »Mama ist verliebt«-Gelaber. Und weil er dann recht gehabt hat. Und weil er immer nur mosert und rumnölt.

Auf Mama. Ein bisschen. Viel. Weil.

Auf Natascha, weil sie nur so daliegt.

Auf Tristan, weil der sich mal bitte nicht so anstellen soll, wenn jemand ihm einen Brief schreibt.

EGAL, WAS DRINSTAND.

Und dann noch, weil mir einfällt, dass Leonie wahrscheinlich extra bei Natascha angerufen hat, um ihr das von den Jungs zu erzählen, was die gesagt haben. Weil Natascha da noch ans Telefon gegangen ist, weil sie mit Leonie telefoniert hat und mich ein ganzes Wochenende weggedrückt hat.

Auf Leonie.

Auf Natascha

Auf alles.

Weil auf einmal alles anders ist.

Ich komm mir vor, als wäre ich zwei Wochen krank gewesen und komm jetzt in die Schule und versteh gar nichts mehr, weil jeder Lehrer mit einem neuen Thema angefangen hat. Weil alle dabei waren, nur ich nicht.

Als könnten alle plötzlich eine neue Sprache und ich versteh nur Lalula.

Ich versuche noch mal das Taschentuch zu treten. Das fliegt noch weniger weit als eben.

Und eigentlich muss ich ja eh zu Papa und Jette. Ist ja Montag.

Jette sagt, dass sie mir einen Teller zurechtgemacht hat, falls ich noch Hunger hab.

Ich sage Ja, weil Toast nicht zählt. Und war ja auch keine ganze Packung und keine halbe, nur drei Scheiben vor hundert Jahren.

Also stellt Jette mein Essen in die Mikrowelle und macht mir ein Glas Wasser mit ein bisschen Saft. Und dann setzt sie sich zu mir und fragt mich, wie mein Tag war.

»Okay«, sag ich.

»Hast du was gelernt?«

Ich zucke mit den Schultern.

»Gar nichts?«

»Doch, bestimmt.«

Ich weiß, dass das anders ist als sonst. Aber ich mag gerade nicht ... ich hab so viel im Kopf. Ich weiß ja nicht mal, wo ich anfangen soll. Und wenn man was hat, sagen Erwachsene oft nur einen Satz und denken, das reicht dann. So was wie »Das wird schon wieder«. Oder »Morgen sieht das alles schon ganz anders aus«. Oder »Der Klügere gibt nach« (wer hat sich denn das bitte ausgedacht?).

Also bin ich still und warte drauf, dass mein Essen warm wird. Das dauert. Und Jette schaut mich an und wartet, weil ich sonst immer erzähle, was alles in der Schule passiert ist, was ich gelernt habe, was ich lustig fand und was nicht.

Heute mag ich nicht.

Und dann kommt Jonathan rein und sieht mich und ruft meinen Namen, als hätte er mich seit drei Jahren nicht mehr gesehen, das passt gut, also sag ich ihm, dass er sich mal zu mir setzen soll.

Und den muss man nur anstupsen, dann erzählt der eine Stunde lang, was alles im Kindergarten passiert ist, und dann noch eine, was davor und danach passiert ist, und wenn man nicht aufpasst, dann erzählt der einem alles gleich noch mal.

Das nervt, aber jetzt ist das gut, weil ich nicht weiß, was ich erzählen soll, aber er schon.

Und wenn Jonathan erzählt, muss Jette mich auch nicht abwartend anstarren, weil er will, dass alle zuhören. »Mama, weißt du«, sagt er, dabei hat Jette die Geschichte von heute bestimmt auch schon drei Mal gehört. Sie nickt, weil ja, sie weiß, und dann ist mein Essen warm, sagt die Mikrowelle, und Jette holt den warmen, heißen Teller und stellt ihn vor mir auf den Tisch.

»Wo warst du?«, fragt Jonathan.

»Wo war ich wann?«

»Heute?«, fragt er.

»In der Schule«, sag ich.

»Nein«, sagt er.

»Doch«, antworte ich.

»Ich mein, ich mein«, sagt er und starrt auf den Tisch und tippt mit seinem Finger drauf rum, »ich mein, warum, wo, wo warst du eben?«

»Bei Natascha.«

»Wohnst du da auch?«

»Nein.«

»Jonathan, das weißt du doch, wo Pauline wohnt.«

»Hier?«

»Ja, und wo noch?«

Da denkt er nach. »In. In ihrem Zuhause!«

»Und wo ist das?«, fragt Jette.

Wie angestrengt der nachdenkt, das kann man richtig sehen, wie sehr er sich gerade den Kopf zerbricht. Also beug ich mich rüber und flüster ihm »Bei meiner Mama« zu.

»Bei meiner Mama?«, sagt er.

»Nein, bei meiner. Du wohnst bei deiner«, sag ich und zeige auf Jette.

Er nickt.

»Und ich bei meiner. Und hier.«

Jonathan denkt immer noch nach. Ich schneide eine Kartoffel klein. Die dampft. Jette streicht Jonathan durch die Haare.

»Das kapiert er noch nicht so ganz«, sagt Jette.

»Doohoooch!«, sagt Jonathan.

»Oh, Jonathan, wir müssen Pauline noch zeigen, was wir heute für sie gefunden haben!«

Da reißt er die Augen ganz weit auf und hüpft von Bein zu Bein.

»Für mich?«, frag ich.

Jonathan nickt ganz aufgeregt und schaut zu Jette, die legt einen Finger auf die Lippen.

»Darfste nicht sagen?«, frag ich.

Er schüttelt den Kopf.

»Ist es ein Pony?«

Das frag ich immer. Und jedes Mal rollt er mit den Augen, als hätte er noch nie so was Doofes gehört. »Ein Pony? Das ist doch viel zu groß!«

»Ach«, sag ich.

»Wenn Pauline fertig ist, zeigen wir's ihr, okay?«

Er nickt und dann sitzt er neben mir und wartet so laut, wie man nur warten kann, darauf, dass ich endlich fertig bin.

Also ess ich mal ein bisschen schneller als sonst.

Jonathan zieht mich hinter sich her als wüsste ich nicht, wo mein Zimmer ist.

Ich hab das kleinste Zimmer hier.

Das klingt ein bisschen nach Stiefkind und Märchen und Aschenputtel, aber das ist gar nicht so, weil es das schönste Zimmer ist.

Und ich hab ein Hochbett. Und einen alten Sessel zum Lesen. Das Hochbett ist so groß, dass Natascha auch reinpasst mit ihrem Plüschaffen, und der ist beinahe so groß wie ein echter. Und Papa hat mir da eine Lichterkette hingehängt, das ist viel besser als eine Nachttischlampe.

Man kann da lesen oder einfach nur liegen und gucken und nachdenken. Oder sich selbst eine Geschichte ausdenken. Oder mit Natascha quatschen.

Und am Fenster steht ein wunderschöner Schreibtisch und draußen sind gar keine anderen Häuser vor meinem Fenster, sondern Schrebergärten und dahinter ganz und gar nichts mehr.

Und auf dem Schreibtisch steht

Eine Schreibmaschine.

Wir stehen da zu dritt und gucken. Oder ich gucke und Jette und Jonathan gucken, wie ich gucke.

»EINE SCHREIBMASCHINE!«, ruft Jonathan.

»Ja!«, sag ich.

»Und mit der kann man schreiben!«, sagt er.

»Ja!«, sag ich.

»Geschichten und Briefe und so!«, sagt er.

Ich nicke.

Dann schau ich Jette an.

»Sie geht auch. Ich hab's ausprobiert und die hatten da auch noch Farbband. Papier hab ich dir schon hingelegt, wenn du mehr brauchst, gehst du einfach an meinen Drucker, ja?«

»Und man kann auch buntes Papier da reintun!«, ruft Jonathan. »Rot und blau!«

Da geh ich endlich an meinen Schreibtisch und steh vor der Schreibmaschine. Mintgrün ist die. So zwischen Grün, Weiß und ein bisschen Blau, wunderschön und klein, und wie sie da steht, da genau gehört sie hin.

Und dann leg ich einen Finger auf eine Taste und drücke die ganz leicht runter. Klack, macht das. Aber mit Wums. Mit Absicht. Das ist ein gutes Klack.

Ich muss mir bessere Wörter suchen um das Geräusch zu beschreiben. Jette steht plötzlich hinter mir und zeigt mir, wie man ein Blatt einlegt.

So weiß, so schön sieht das aus, wie die Maschine da steht, mit dem Blatt eingespannt, so bereit.

Ich will gar nichts tippen. Ich will das erst mal nur anschauen.

Und Jonathan redet und redet, aber Jette fragt mich: »Gefällt sie dir?«

Ich nicke.

So wunderschön.

»Danke!«, sag ich.

Jette lächelt und dann schiebt sie Jonathan vor sich her aus meinem Zimmer raus und macht die Tür zu.

längste
Arme da
Welt
(fast)

1. Stock

9. Das ist wie …

Weißer Schnee früh am Morgen, wenn noch keiner wach ist, wenn noch keiner draußen war, und gerade geht die Sonne auf und man öffnet die Tür und da sieht man, dass es die ganze Nacht geschneit hat.

Das geht bei uns in der Stadt gar nicht. Aber auf dem Land ist das, glaub ich, so.

Dass man einen Schritt macht und dann knirscht es, anders als Sand, anders als Glasscherben. Kleine gefrorene Wasserscheibchen, die da ganz fein und zart aufeinanderliegen.

Glitzern.

So ist das mit dem weißen leeren Blatt.

Oder ...

Wenn man eine Dose Creme zum ersten Mal aufmacht.

Nein, das reicht nicht.

Ein frisch gemachtes Bett?

Auch nicht.

Eine Sahnetorte. Ja. Die da steht und perfekt ist. Aber man muss sie ja irgendwann anschneiden.

Ich schau das leere Blatt an. Das ist so weiß. Dabei ist das nur ein ganz normales aus dem Drucker von Jette. Nichts Besonderes.

Es lehnt leicht nach hinten. Man kann es fast warten hören.

Das ist nicht wie Schmierpapier oder aussortierte Notizbücher oder alte Schulhefte vom Flohmarkt. Wo man reinkritzelt und es durchstreicht, und wenn es schlecht ist, dann ist es halt schlecht. Dann blättert man um oder nimmt einen Stift und macht ein paar Striche durch. Und am Computer kann man einfach löschen.

Wenn ich jetzt was tippe, dann

Dann

Dann steht das da.

Dann geht das nicht mehr weg. Was, wenn es schlecht ist?

Jette sagt, dann soll ich einfach Tipp-Ex oder so was nehmen.

Aber dann ist das nicht mehr dasselbe Blatt.

O. k., das ist albern. Das ist ja nur ein Blatt Papier. Und wenn es wirklich so schlimm ist, dann werf ich es eben weg.

Das Blatt hält die Luft an.

Also.

Jette hat Yoga und geht danach noch mit Freundinnen einen Wein trinken.

Papa sagt, dass da das eine doch das andere aufhebt.

»Irrtum, mein Lieber«, sagt sie, gibt Papa einen Kuss und federt mit der Yogamattentasche auf dem Rücken raus.

In die Kälte.

Dunkel ist es außerdem.

»Und wer bringt mich jetzt ins Bett?«, fragt Jonathan und ich glaub, gleich fängt er an zu weinen.

»Papa«, sag ich.

»Ja, ich«, sagt Papa.

Jonathan hat echt schon ein Tränchen im Auge, das zu einer Träne, einer richtig großen, anwächst.

Jonathan hat die dicksten, rundesten Tränen, die ich jemals in meinem Leben gesehen habe. Außer in Mangas.

»Na, Jonathan, jetzt mach mal halblang, ich bring dich doch total oft ins Bett!«, sagt Papa.

»Echt?«, sag ich und Jonathan sagt »Ich will aber Mama!«.

Papa reibt sich die Haare, bis sie abstehen.

»Soll Pauline dich ins Bett bringen?«, fragt er.

Jonathans Lippe ist schon ganz weit vorne.

Dann schaut er zu mir.

Dann zu Papa.

Dann nickt er ganz langsam.

Die Träne fällt jetzt über die Wimpern auf seine Backe. Plitsch.

Aber das merkt er gar nicht mehr.

Papa schaut mich an, Bittebitte macht der Blick.

Heute bin ich die Große.

»Dann muss Papa aber den Abwasch ganz alleine machen«, sag ich.

»Das packt Papa schon«, sagt der. »Bring du mal Jonathan ins Bett«

»Johnnyperonni was raschelt da im Stroh, das ist der Johnny, der macht das immer so«, sing ich.

Jonathan steht auf dem Hocker vor dem Waschbecken, Zahnbürste im Mund und schaut mich im Spiegel an, was ich da so singe.

»Weiterschrubben!«, sag ich.

Jonathan kichert. Schrubbelt hier und da, und dann spuckt er aus und sagt, dass er fertig ist.

»Zeig«, sag ich.

Dann macht er seinen Mund auf und ich guck ernst und kitzel ihn dann mit der Zahnbürste.

»Schlafanzug«, sag ich, ganz dunkel. Wenn Papa das macht, dann fängt Jonathan manchmal an zu müpfen, oder wenn er total müde ist, dann weint er auch mal, wenn Papa zu laut und zu brummend ist. Bei mir macht er einfach alles, was ich sage. Das liegt an der Zauberstimme.

»Bett«, sag ich.

Jonathan rennt in sein Zimmer und hüpft ins Bett. Springt zweimal drauf rum, bis ich mit der Zauberstimme sage »Hinlegen«. Zack, liegt er.

Ich deck ihn zu und dann sag ich normal »Und was jetzt?«.

»Eine Geschichte«, sagt er.

Neben seinem Bett liegt ein Stapel Vorlesebücher aus der Bücherei. Ich heb die hoch, aber Jonathan sagt »Nein, erzählen«.

»Nicht vorlesen?«

»Nein. Erzählen.«

Dann leg ich mich neben ihn, weil der eh so klein ist und das Bett echt breit.

Und der schnuffelt sich sofort an mich.

»Okay. Eine Geschichte erzählen. Wie geht das denn? Wie fängt man da denn an?«

»Ähm, also«, sagt er, dann dreht er sich erst mal zurecht und hat dann den Kopf auf meinem Bauch und die Füße an der Wand.

»Es war einmal ein«, fang ich an.

»Ein Affe.«

»Es war einmal ein Affe. Der hatte ganz lange Arme. Die waren so lang, dass sie den ganzen Tag auf dem Boden rumhingen. Die waren so lang, dass er sie manchmal einrollen musste, weil sie so lang waren. Die waren so lang, wenn der in den vierten Stock zu seiner besten Freundin geklettert ist, waren seine Arme noch im ersten Stock hinter ihm.«

»Waaaas?«, sagt Jonathan.

»Es war einmal ein Affe mit langen Armen.«

»Und dann?«, sagt Jonathan.

»Und dann musste er in die Schule.«

»Ich geh auch in die Schule«, sagt Jonathan.

»Du gehst in den Kindergarten.«

»JA! Und weißt du, wenn ich im Sommer, dann ...«, er denkt nach. »Im Sommer...«, sagt er wieder.

Kleine Kinder sind komisch.

»Im Sommer, dann komm ich in die Räuberhöhle zu den großen Kindern.«

»Ja, das stimmt.«

Er nickt.

»Es war einmal ein Affe, der kam in die Räuberhöhle«, sag ich.

Jonathan kichert.

»Zu den großen Kindern. Weil es Sommer war. Und da saß ein kleiner Junge, der hieß Jonathan und der war schon so groß, dass er in der Räuberhöhle sein durfte.«

»Im Sommer«, sagt Jonathan.

»Ja«, sag ich. »Und dann gab es Eis. Und dann haben sie ein Eis gegessen und dann Fußball gespielt, und DU«, sag ich und stups ihm auf die Brust, »du hast gewonnen. Und alle haben gejubelt.«

»YAY!«, macht Jonathan und reißt die Arme hoch und boxt mich dabei ein bisschen, aber nicht schlimm.

»Und dann war der Tag vorbei und alle gingen nach Hause und schlafen. Auch der Affe. Auch der Jonathan.«

»Gute Nacht, Affe!«, sagt Jonathan.

»Gute Nacht, Jonathan!«, sag ich mit einer Stimme, die gar nicht nach Affe klingt.

Aber er kichert, dann schieb ich ihn ordentlich unter die Decke, wickel ihn da ein, pruste ihm auf die eine Backe und dann mach ich das Licht aus.

»Gute Nacht, Pauline!«, sagt Jonathan.

Papa werkelt noch in der Küche, also geh ich ins Bad und dusche, weil ich das Bad ganz für mich allein hab. Und dann zieh ich mir gleich Schlafsachen an. Und putze mir die Zähne, dabei ist es noch früh und ich muss noch gar nicht ins Bett.

Aber jetzt bin ich warm und sauber.

Dann föhne ich mir noch die Haare, über Kopf, danach sehen die wild aus.

Als ich aus dem Bad komme, ruft Papa nach mir.

Also geh ich in die Küche, da sitzt er am Küchentisch und hat Kram ausgebreitet.

Fotos.

»Schau«, sagt er, und dann hebt er seinen Fuß hoch, »mein mittlerer Zeh ist größer als die anderen.«

Ich nicke. Ja und?

»Du hast nicht meine Füße.«

»Und du hast nicht die Augen von Marlene, sondern von ihrer Tante Barbara«, und dann zeigt er mir ein Foto von einer Frau, die ich nicht kenne.

Die meine Augen hat.

Bei Mama und mir stimmt nur die Farbe, aber bei der Frau stimmen Farbe und Form. Und sie hat auch die komischen Augenbrauen, die nicht so supergenaue Bögen sind, sondern ein bisschen krakelig.

»Ich glaub außerdem, dass du die Nase von meiner Oma Gretel hast«, sagt er und schiebt mir ein Foto rüber.

Wenn ich die Nase mal bekomme, dann okay. Aber ja, das ist keine Mama-Nase. Mamas Nase ist einfach nur gerade und normal groß. Aber die von Papas Oma geht ein bisschen nach oben. Wie meine.

»Und«, sagt Papa, »du hast nicht Mamas Ohrläppchen, sondern meine.« Dann hebt er seine Haare hoch und zeigt mir seine Ohrläppchen. Die ganz normal sind. Aber Mamas sind angewachsen.

»Du bist nicht nur deine Mutter«, sagt Papa.

Ich weiß gar nicht, was ich sagen soll.

Also sag ich »Hast du denn wenigstens den Abwasch fertig gemacht oder nur die ganze Zeit hier rumgekramt?«.

»Mit dem Abwasch hab ich selbstredend auf dich gewartet, mein Töchterchen. Das ist doch viel zu langweilig alleine.«

Also machen wir den Abwasch zusammen und Papa stellt das Radio an, aber nicht zu laut, weil ja Jonathan schläft (zweimal kommt er noch raus. Einmal, weil er Durst hat, dann, weil er nicht schlafen kann. Dann wird Papa ernst und schickt Jonathan zurück in sein Zimmer und sagt einmal laut und bestimmt »Ab ins Bett, Freundchen!«).

Manchmal erklärt Papa mir was zur Musik, von wem die ist, von welcher Band oder wie der Sänger heißt, ob es die Band noch gibt oder wann und wo er die mal im Konzert gesehen hat. Das macht er ständig. Aber jetzt hör ich echt mal zu und frag auch nach. Weil das schon spannend ist. Ich glaube, dass Papa das ganz oft hat, dass er ein Lied hört und dann muss er alles darüber wissen, weil er es so toll findet. Mir ist das bisher ja nur einmal passiert. Und dann frag ich mich, von welchen Liedern Papa nicht genug kriegt.

Und frag ihn.

Papa denkt nach. Und dann sagt er, dass er mir mal ein Mixtape macht.

»Auf Kassette?«, frag ich.

»Nein«, sagt er und dann grummelt er, dass er unendlich alt ist.

Irgendwann kommt Jette heim. Jonathan schläft endlich.

Jette hat rote Backen vom Yoga oder vom Wein oder von der Kälte da draußen.

Dann bringt Papa mich ins Bett, weil Jette duschen will.

Papa ächzt die Leiter hoch, da lieg ich schon seit Ewigkeiten da.

»Vielleicht solltest du mal mit Jette zum Yoga«, sag ich.

»Klugscheißerin«, sagt Papa.

Dann liegt er neben mir und sagt »Das war schon eine gute Idee mit der Lichterkette«.

Und dann liegen wir da und hören noch ein Lied, ohne dass Papa was erklärt, hören einfach nur zu. »Nett hier«, sagt Papa irgendwann.

»Find ich auch«, sag ich.

Dann ist das Lied vorbei und ich soll nicht mehr so lange lesen und »Gute Nacht, mein Mädchen«.

»Gute Nacht, mein Papa.«

Und dann flucht und knarzt er die Leiter runter und macht die Tür zu.

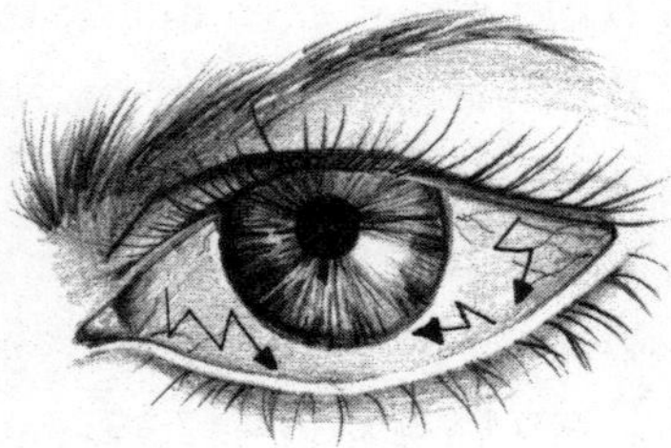

10. Natascha hat geschrieben, dass sie heute wiederkommt. Ich hab mich gefreut, sie nicht.

Und weil, weil, weil, weil alles wie immer ist am Morgen, weil alle wieder durcheinanderlaufen, deswegen kommen wir wieder doof los, Papa und ich, und langsam frag ich mich, ob ich nicht besser mit dem Bus fahren sollte, auch wenn ich da umsteigen muss. Wir fahren also los, da ist zwar Verkehr, aber wir kommen durch und Papa schafft es zur Schule, aber bestimmt nicht pünktlich zur Arbeit.

Ich steh noch bei den Bussen und denke, dass ich jetzt wieder so spät dran bin, dass Natascha bestimmt schon wieder mit Leonie da stehen wird.

Zack. Knoten im Bauch. Leonie weiß Sachen, die ich nicht weiß. Glaub ich.

Knoten im Bauch und Gewitter hinter den Augen.

Jette hat mal gesagt, ich soll atmen, wenn das passiert. Was Unfug ist, weil ich ja immer atme. Aber langsamer. Mit Zählen. Und ein bisschen Luftanhalten und so.

Ich kann das nicht.

Also geh ich rein und da steht Lukas direkt neben dem Tor. »HEY!«, sagt er und geht mit mir weiter.

»Hallo«, sag ich leise.

Lukas grinst und steckt die Hände in die Taschen.

»Bist du am Wochenende wieder im Park?«, fragt er.

»Weiß nicht«, sag ich.

Da drüben steht Natascha mit Leonie, und beide starren jetzt zu Lukas und mir.

»Wollen wir uns dann mal treffen?«, fragt er.

Und als ich nicht sofort »Jippie, na klar, nichtslieberalsdas« sage, sagt er »Wir können mit Rocko spazieren gehen«.

Und zack, denk ich an seinen Hund. Wie der gegrinst hat. Und wie ein Ohr oben war und das andere unten, das ist schon ein echt toller Hund, aber, aber, das ist kein Grund, und überhaupt ist das, glaub ich, so was wie Erpressen oder Bestechen oder so.

Also sag ich »Ich glaub nicht« und dann »Tschüs«, und dann geh ich stracks zu Natascha und Leonie und lass den da stehen.

Nicht umdrehen.

Nicht hingucken.

»Hallo«, sag ich.

»Kennst du den?«, fragt Leonie.

»Geht's dir besser?«, frag ich Natascha.

Aber die guckt immer noch über meine Schulter zu Lukas. Nicht umdrehen. Steht er jetzt immer noch da oder geht er langsam weg? Nicht umdrehen.

»Wer ist das denn? Der ist nicht in unserer Klasse«, sagt Leonie.

Ich schau Natascha an und sag »Na?«.

Natascha macht den Mund auf und es klingelt. Papa und ich waren echt spät dran.

Wir gehen los, aber Natascha nimmt meinen Arm und ich muss genauso langsam laufen wie sie.

»Los, erzähl!«

»Was denn?«, frag ich und ein Riese mit Pickeln rempelt mich an und ich rufe »Ey!«.

»Wer war denn das?«, fragt Natascha.

»Keine Ahnung!«, sag ich.

»Nicht der«, sagt sie und zeigt auf den Rempler, »der Junge eben am Tor.«

»Ach, der.«

»Ach, der?«

»Der ist egal. Echt.«

Natascha macht komische Augen. Ganz rund und groß und ooooh!

Nein, also sag ich »Nein, Natascha!«.

»Echt nicht?«

»NEIN!«

»Aber der ist süß!«

»Der ist echt süß«, sagt da Leonie und guckt auch so murmeläugig wie Natascha, aber mit weniger Oohs.

»Dann verliebt euch doch auch noch in den! Bitte! Viel Spaß!«

Ich hab das laut gesagt. Natascha bleibt stehen und lässt meinen Arm los. Sie sieht aus, als hätte ich ihr in den Bauch geboxt.

Leonie steht plötzlich ganz nah bei ihr und nimmt jetzt ihren anderen Arm.

So dämlich sieht das aus. Weil die aussehen wie beste Freundinnen. Das ist so falsch und krumm.

Ich starre Leonie an, aber die guckt nur zu Natascha.

Was passiert denn hier gerade?

Wir müssen doch einfach nur in die Klasse. Aber jetzt stehen wir drei hier mitten im Treppenhaus und lauter Schüler und Lehrer drängeln und quetschen sich an uns vorbei, weil gleich die erste Stunde anfängt.

Und dann macht Natascha plötzlich was mit ihrem Gesicht, als ob da eine Tür zugeht. Dann dreht sie sich auf dem Hacken um und geht. Und Leonie gleich hinterher.

Natascha rennt fast die Treppe hoch, und ich steh hier immer noch. Und an mir vorbei rauscht die halbe Schule hoch, bis ich dann irgendwann auch endlich losgehe und hinterher.

Als ich endlich in der Klasse ankomme, ist Natascha schon da, und Leonie auch, die steht noch immer neben Natascha, dann sieht sie mich und geht an ihren Platz.

Ich setz mich und Natascha schaut einfach nur nach vorne.

Sie hat alles ausgepackt, alles liegt da, aber sie schiebt die Sachen noch ein bisschen zurecht und guckt mich kein einziges Mal an und redet kein Wörtchen, sagt gar nichts zu mir. Nichts.

»Natascha, was hab ich denn gesagt?«, frag ich.

Ich seh, dass sie die Zähne zusammenbeißt.

Und sie schaut immer noch nach vorne. Mit Absicht. Schaut sie mich NICHT an.

Dann fängt der Unterricht an.

Zweimal versuch ich was zu Natascha zu sagen, aber nichts. Keine Reaktion.

Beim dritten Mal sagt der Hofmann »Pauline, jetzt ist aber gut, lass mal Natascha in Ruhe!«.

Dann lass ich Natascha in Ruhe.

Und in der kleinen Pause nach Deutsch springt sie sofort auf und rennt zum Klo.

Also renn ich ihr hinterher, auch wenn Leonie uns gleich nachkommt, zum Mädchenklo auf dem zweiten Stock, wo Natascha sich gerade in einer Kabine einsperrt, als ich zur Tür reinkomme.

»Natascha, was hab ich denn gemacht?«, frag ich also. Ist mir doch egal, wer da noch steht und zuhört. Vor allem Leonie ist mir egal.

»Das war ganz schön verletzend«, sagt die.

»Was?«, frag ich.

»Das mit dem VERLIEBT EUCH DOCH IN DEN!«

»Das? Warum?«, frag ich. Weil ich es echt nicht verstehe.

Warum tut ihr das denn weh, wenn ich es nicht mal böse gemeint habe?

»Ey, wenn du das nicht verstehst«, sagt Leonie.

Die kriegt ja selbst nicht mal einen geraden Satz hin!

»Was dann?«, frag ich, und sie zuckt mit den Schultern.

»Was willst DU eigentlich hier?«

Leonie wird rot.

»Natascha, tut mir leid, was ich gesagt habe«, sag ich.

Aber die Tür bleibt zu.

»Komm, Natascha, das war doch nur so ein Spruch.«

Leonie steht da und verschränkt die Arme.

Dann kommt Natascha raus.

Sie schaut mich an.

Und Leonie wieder gleich an ihrer Seite, als ob sie da hingehört.

Und vor allem, dass Natascha sie nicht wegschickt.

»Wieder gut?«, frag ich.

Leonie schnaubt, und da platzt mir der Kragen.

»DICH HAT KEINER GEFRAGT!«, blaff ich sie an. Sehr, sehr laut. Und das im Mädchenklo, wo eh alles so hallt. Das macht alles gleich noch viel lauter.

»Wow«, sagt Natascha.

»Wow was?«, frag ich.

Aber sie schüttelt nur den Kopf und geht wieder.

Mit Leonie. Und nicht mit mir.

Ich sollte jetzt hinterherlaufen.

Aber meine Beine kleben fest.

Mein Kopf klebt fest.

Ich versteh gar nichts mehr.

Als ich irgendwann wieder zurückkomme, als meine Beine das endlich schaffen, dass ich zurücklaufe ins Klassenzimmer, da sitzt Natascha nicht mehr neben mir.

Sie hat ihre Sachen eingepackt und sitzt jetzt an Leonies Tisch. Neben ihr, da, wo mal Joana gesessen hat. Und der Platz neben meinem ist leer.

Es klingelt, ein Lehrer kommt rein, der Unterricht fängt an, ich muss mich setzen, es ist Mathe oder NaWi oder Englisch oder irgendwas. Natascha sitzt nicht mehr neben mir, ohne dass uns jemand auseinandergesetzt hat, sondern weil sie es wollte.

Natascha will nicht mehr neben mir sitzen.

Natascha will nicht mehr mit mir in die Pause gehen, da ist jetzt Leonie, die läuft mit ihr da rum, und wenn die beiden mich sehen, drehen sie sich um und ändern die Richtung.

In der Pause sitze ich auf dem Mädchenklo und warte, warte, dass die Pause vorbei ist, dann warte ich, dass die nächste Stunde vorbei ist, und dann die danach, weil Natascha immer noch nicht neben mir sitzen will, weil sie mich nicht mal anschaut, weil zwischen uns ein leerer Platz ist und Leonie. Und drei Trillionen Lichtjahre.

Dann warte ich, dass der Tag vorbei ist, und warte Stunde um Stunde, dass ich nach Hause gehen kann, und da warte ich, dass es Abend wird, da sitze ich in meinem Sessel am Fenster und warte, bis es dunkel wird.

Ich warte, bis wir gegessen haben, bis ich endlich ins Bett kann, und dann geh ich ins Bett.

Und denke

Morgen.

Morgen ist ein neuer Tag. Ganz neu und frisch und glänzend.

Morgen wird alles gut.

Morgen haben wir alle drüber geschlafen. Morgen ist der Spuk vorbei.

Und warte darauf, dass der Schlaf kommt, damit endlich morgen anfangen kann und heute endlich, endlich vorbei ist.

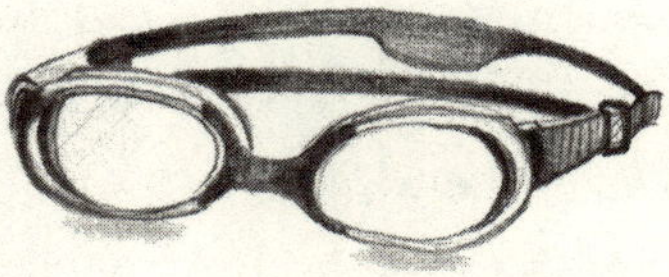

11. Der neue Tag ist ein Mittwoch.

Ich bin wach, weil Jonathan schreit, dass es schneit.

»ES SCHNEIT!«, ruft er

»ES SCHNEIT SO VIEL!!!«

Dann reißt er meine Tür auf. »PAULINE, ES SCHNEIT GANZ DOLLE!«

Jonathan rennt zu meinem Fenster und reißt die Vorhänge zur Seite. Es wird hell, es wird weiß.

So weiß.

»Schau mal!«, ruft Jonathan.

Es schneit dicke Flocken. So dicht.

Ich steig vom Bett und kletter runter, dann lauf ich mit ihm in die Küche und schau auf die Straße.

So viel Schnee.

Die Autos am Bordstein sind nur noch weiße Hügel. Die Bordsteine sind nur noch weiß und weiß.

Das hört gar nicht mehr auf.

Ich schau zum Dach gegenüber, das Haus hat eine dicke weiße Frisur.

»Wir können Schlitten fahren!! Und, und, und ... einen Schneemann bauen! Und Weihnachten!«

»Weihnachten ist schon vorbei«, sag ich.

»Aber es schneit!«, sagt Jonathan.

»Weihnachten ist trotzdem vorbei, das kommt erst wieder im Dezember.«

Jonathan hat kleine Fragezeichen in seinen Augen.

»Sind Jette und Papa schon wach?«, frag ich.

Da rennt er raus und ruft »MAMAPAPA, ES SCHNEIT! AUFWACHEN!«.

Papa kommt in die Küche und stellt den Wasserkocher an. Dann wartet er.

Er steht da und schaut aus dem Fenster zu einem Menschen auf der Straße, der versucht seinen Wagen zu ent-schnee-en.

Papa schüttelt den Kopf. Das Wasser kocht, der Schalter vom Wasserkocher klackt. Eine Dampfwolke wandert unter dem Hängeschrank zum Spülbecken.

Papa dreht sich um und gießt Kaffee auf. Jette kommt rein und zieht dabei Jonathan einen Pulli über.

»Bei so 'nem Wetter hatte man bei uns, als ich Kind war, schneefrei.«

»Du hast ja auch in den Bergen gewohnt«, sagt Jette.

»Bei den sieben Zwergen«, sag ich.

Jonathan guckt hin und her, bis ihn Papa auf seinen Stuhl setzt und an den Tisch schiebt.

»Einmal kam man gar nicht aus unserem Dorf raus. Der Schulbus hat's gar nicht bis zu uns geschafft. Da haben wir einfach bei mir zu Hause in der Küche gefrühstückt bis mittags.«

»Damals. Wann war das noch mal, Papa? Mittelalter? Steinzeit?«, sag ich.

»Witzig«, sagt er.

Jette schmiert Jonathan ein Brot.

Papa lehnt sich zu ihr rüber und sagt leise »Komm, wir machen blau«.

Jette guckt ihn an, schmiert dabei das Brot fertig und legt es Jonathan auf den Teller.

»Na komm, Jettchen. Wir bleiben daheim und hören Musik und bleiben den ganzen Tag im Bett im Schlafanzug und essen Spaghetti.«

»MIT SOSSE!«, ruft Jonathan.

»Mit Soße«, sagt Papa und nickt.

Jette macht sich selbst ein Brot und schiebt nebenbei Jonathan seine Schnitte in den Mund. »Abbeißen«, sagt sie.

Papa nimmt einen Schluck von seinem Kaffee und schaut raus.

Ich stell mir vor, dass wir hierbleiben. Und das genauso machen, wie Papa gesagt hat.

Im Schlafanzug, mit dicken Wollsocken.

Musik hören. Karten spielen. Lesen.

Nicht in die Schule gehen.

Mein Magen macht eine Faust.

Dabei ist heute ein neuer Tag. Heute ist Natascha bestimmt wieder wie immer. Denk ich. Und glaub mir kein Wort. Mein Magen erst recht nicht.

»Komm, Jonathan, beeil dich«, sagt Jette, aber Papa legt ihr eine Hand auf den Arm.

»Heute nicht«, sagt er.

»Was?«, fragt sie.

»Heute keine Hetze. Kommen ja eh alle zu spät. Da können wir auch mal ein bisschen zu spät kommen. Die Straßen sind eh zu«, sagt er und nickt zum Radio, da laufen gerade endlose Staumeldungen.

Papa gießt Jette eine Tasse Kaffee ein.

Jonathan kaut und grinst. »Spaghetti«, sagt er.

Wir frühstücken, und im Radio wundern sich alle über das Wetter.

Ich esse eine Scheibe Brot mehr als sonst. Dann lassen wir nicht alles stehen wie immer, wir räumen zusammen ab, stellen das Geschirr in die Spülmaschine. Wir gehen alle ins Bad und stehen da zu viert und putzen uns die Zähne (jeder seine eigenen). Das ist so eng, aber so nett, dass wir alle grinsen.

Dann ziehen wir uns an. Und ziehen uns an. Weil man so viel anzuziehen hat an einem Schneetag. Dicke Schuhe braucht man da. Allerhand Sachen aus Wolle, die man über alles zieht, was noch irgendwo rausguckt. Dann stehen wir auf der Straße und Jette nimmt den Kleiderhaufen, in dem vielleicht Jonathan steckt, mit zur Bushaltestelle.

Papa und ich stehen auf der Straße und wissen nicht mehr, wo sein Wagen steht. Ich weiß das eh nicht, weil ich gestern nicht mit ihm nach Hause gefahren bin.

»Jetzt sieh mal einer an, wie wenig ich mein eigenes Auto kenne«, sagt Papa.

Ich wische an einem Schneeberg neben mir. Der Lack darunter ist rot. »Das ist es nicht«, sag ich.

»Gut. Dann bleiben ja nur noch ... so an die fünfzehn Autos. Wenn ich hier in der Straße geparkt hab.«

Papa parkt nämlich manchmal auch ums Eck.

»Es bleibt spannend!«, sagt er zu mir.

Heute kommen wir zu spät. Alle.

Papa findet sein Auto schneller als gedacht, aber auch nur, weil es so ein komisches Grüntürkis-metallic ist. »Wie gut, dass mein Wagen nicht schwarz ist«, sagt er.

Wir schieben Schnee vom Dach und von den Scheiben und Türen. Und dann steigen wir ein und Papa macht den Wagen an und sagt »Erst mal warm werden«.

Dazu Radio.

Da sind immer noch alle sehr aufgeregt. Papa schaltet um auf seine Musik.

Dann wird es warm. Dann fahren wir ganz langsam los.

Dann fahren wir ganz langsam weiter. Dann stehen wir ein bisschen im Stau und dann noch ein bisschen.

Papa sagt, dass es so eine Folge von Doctor Who gibt, wo ein ganzer Planet immer nur im Stau steckt und die Menschen und Tiere (Katzenmenschen gibt es in der Folge, sagt er) und Aliens in ihren Autos leben. Dass keiner mehr weiß, seit wie vielen Jahren der Stau schon anhält. Dann lacht er, dabei ist das eine ganz schlimme Vorstellung.

Wir stehen gar nicht so lange im Stau, aber lange genug. Papa biegt zur Schule ab, und es ist mitten in der ersten Stunde, schon fast in der zweiten.

Da trudeln noch ein paar andere gerade ein, einer wirft einen Schneeball nach einem anderen (das ist auch verboten) und lacht, weil der sofort einen zurückwirft.

Da muss ich kurz lächeln, aber sehr, sehr kurz.

Ich steh vor dem Schulhaus. Ich muss zur Sporthalle. Wir haben ja Schwimmen. Und steh da und meine Füße oder Beine kleben schon wieder am Boden fest.

Aber es hat geschneit. Es hat den ganzen Winter nicht geschneit, also vielleicht ist das ein gutes Zeichen. Das muss jetzt mal ein gutes Zeichen sein.

Dann wandert mein Blick am Erdgeschoss entlang, da ist das Klassenzimmer mit dem Hund, da sitzen ganz wenige. Und einer von denen schaut schon die ganze Zeit zu mir, und als ich ihn anschaue, winkt er mir.

Und meine Hand geht einfach so hoch und winkt zurück.

Hallo.

Meine Hand spinnt ja wohl.

Also geh ich los und schau nicht mehr zu Lukas, der jetzt ganz breit grinst.

Als ich in der Umkleide ankomme, ist da Leonie. Die zieht sich gerade den Badeanzug hoch, als ich reinkomme.

Dann wird sie rot und dreht sich um.

Ich sag nichts. Ich sag nicht Hallo und meine Hand bleibt auch schön brav unten.

Ich zieh mich um und dann geh ich mich duschen, da steht sie auch unter der Dusche, und ich guck sie kein einziges Mal an. Als ob es sie gar nicht gibt. Leonie ist durchsichtig. Die ist nicht mal durchsichtig, die existiert einfach gar nicht.

Und dann geh ich vor ihr in die Schwimmhalle und guck nicht mal hinter mich, ob die auch kommt, ich lass die Tür hinter mir einfach zufallen und steh da.

Sind gerade mal zehn Leute da.

Keine Natascha.

Dann klingelt es zur zweiten Stunde.

Die Frisch hat gerade einen Ball geholt, den werfen sich alle irgendwie zu.

Dann werden wir in zwei Gruppen aufgeteilt und machen Staffelschwimmen.

Leonie kann echt nicht schwimmen.

Und ich bin so schnell, dass alle mir zujubeln.

Und Leonie säuft fast ab.

Bis die Frisch sie irgendwann beiseitenimmt und mit ihr über Schwimmunterricht redet.

Aber ich seh die ja eh nicht. Die ist mir ja eh egal.

Bis zum Ende der Stunde kommen noch drei mehr. Die von den Dörfern kommen gar nicht.

Dann gehen wir duschen.

Und Lotta sagt, dass ich ja wohl die Allerschnellste bin. Und fragt mich, ob ich beim DLRG oder so bin, weil ich so schnell schwimme. »Ich bin vom Sternzeichen Delfin!«, sag ich und Lotta lacht.

Da ist Leonie gerade fertig mit Duschen. Und als ich fertig bin und rausgehe und mich anziehe, kämmt sie sich gerade die Haare, die sind aber wohl sehr verknotet, sie zippelt jedenfalls ganz viel an denen rum.

Erstens hätte ich Spülung gehabt und zweitens kämmt man lange Haare von unten nach oben, erst recht wenn die knotig sind, und drittens seh ich Leonie ja eh nicht.

Und dann geht die Tür auf und Natascha steht da. Da geht Lotta gerade raus und sagt »Hey, Natascha!« und Leonie guckt hoch und ich auch, und Natascha guckt mich ganz kurz an und dann Leonie, hat die Tür noch in der Hand und sagt dann zu Leonie »Ich warte draußen auf dich«.

Zu Leonie.

Leonie sagt nur »Okay«, dann geht Natascha und Leonie zippelt immer noch an ihren Scheißhaaren rum und guckt mich so von untendrunter an.

Und viertens sollen ihr doch die verdammten Haare ausfallen.

Ich schmeiß meinen Badeanzug und das Handtuch in die Sporttasche und geh raus, da steht Natascha am Ende vom Flur, wo alle sich gerade nebeneinander die Haare föhnen. Und ganz hinten eben Natascha, die mich sieht und den Mund klein macht und dann rausgeht.

Ich will so schlimm fluchen wie Papa, wenn er sich den Zeh anhaut.

Ich will den Mittelfinger wie er hochhalten, wenn ihm jemand die Vorfahrt nimmt.

Ich will so schreckliche Wörter finden wie er, wenn er Nachrichten schaut.

Und alles, was mir einfällt, ist Scheiße, Scheiße, Scheiße, Scheiße.

Aber ich muss mir die Haare föhnen, weil es draußen zu kalt ist für nasse Haare. Ich steh da unter so einer Föhnhaube, die bestimmt dreihundert Jahre alt ist, und schau die Wand an.

Und Scheiße, Scheiße, Scheiße.

Scheiße.

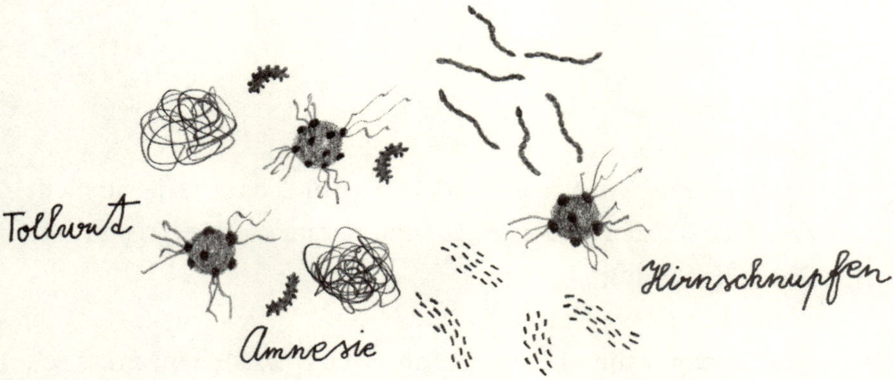

12. Natascha schaut nach vorne, als ich ins Klassenzimmer komme. Das seh ich aber nur, weil Leonie gerade in ihrem Ranzen rumwühlt.

Dann kommt die Kraft rein und schaut sich um und zählt und seufzt.

Wir haben echt viele von den Dörfern in der Klasse. Die kommen mit dem Bus, und wenn der Bus nicht geht, geht gar nichts. So muss das damals bei Papa gewesen sein.

Die sitzen jetzt auch alle daheim und frühstücken noch.

Ach, wär ich doch selbst daheim geblieben. Einfach so.

Die Kraft knallt ihre Tasche auf den Tisch und dann seufzt sie noch mal und sagt »Gut, heute machen wir Partnerarbeit«.

Dann schaut sie mich an und sagt »Pauline, komm mal nach vorne«.

»Warum?«, frag ich.

Da legt sie den Kopf schräg und sagt »Weil wir so wenige sind und hier neben Tristan noch ein leerer Platz ist«.

Und dann sagt sie »Sein rechter, rechter Platz ist leer, er wünscht sich die Pauline her!«.

Ein paar kichern.

Ich bleib sitzen.

Ich merke, wie Natascha nicht zu mir schaut. Wie sie nicht zwischen Tristan und mir hin- und herguckt. Wie Tristan rote Ohren bekommt.

»Los«, sagt die Kraft.

Und wenn die »Los« sagt, muss man aufstehen, muss ich aufstehen und meine Sachen nehmen und nach vorne gehen, zu dem bescheuerten öden Tristan. Ich setz mich also neben den und sag nichts, nicht mal Hallo, und angucken tu ich den auch nicht, ich schau einfach nur nach vorne zu der Kraft, die jetzt einen Stapel Blätter rausholt, den auf unseren, also auf Tristans Tisch legt und sagt »Reicht die mal nach hinten durch«.

»Soll ich austeilen?«, fragt Lotta, aber die Kraft sagt nur »Nein«.

Tristan legt uns ein Blatt auf den Tisch und gibt die anderen nach hinten weiter.

Schräg hinter mir sitzt Natascha. Und guckt mich nicht an. Und Tristan auch nicht.

So sehr guckt die mich nicht an, mir tut schon der Rücken weh.

Tristan schiebt mir das Blatt zu und sagt nichts. Mann, hat der rote Ohren, das seh ich ja auch, ohne hinzugucken.

Die Kraft erklärt, was zu tun ist. Dann erklärt sie es noch mal. Dann haben wir zwanzig Minuten, um ein mickriges Arbeitsblatt auszufüllen.

Die Kraft packt ihre Tasche aus, legt einen Stapel Hefte vor sich hin und fängt an zu korrigieren.

Ich schau auf den Zettel.

Ich schreib meinen Namen obendrauf. Das Datum.

Tristan räuspert sich.

Und dann noch mal.

Also schieb ich ihm das Blatt zu, er schreibt seinen Namen auch drauf.

Dann räuspert er sich wieder, weil er jetzt was sagt.

»Do you have any brothers or sisters?«, fragt er.

Ich nehme das Blatt und schreibe auf: »Yes, I've got a brother. His name is Jonathan. He is four years old.«

Dann schiebe ich ihm das Blatt wieder zu.

»Du musst mich fragen«, sagt Tristan plötzlich.

»Do you have any brothers or sisters?«, frag ich ihn also und er sagt. »Yes.«

Also schreibe ich »Yes« auf und warte, dann sagt er »I've got five brothers and four sisters«.

»Was?«

Er nickt.

»In English, please!«, sagt die Kraft und guckt uns nicht mal an.

»Wie sagt man denn Stiefbruder?«, fragt Tristan.

Die Kraft geht zur Tafel und schreibt auf »stepbrother/stepsister«.

»Und Halbbruder?«, fragt Hannah.

»Was ist denn ein Halbbruder?«, fragt Niklas.

Irgendwer macht »Maaaaann, wieso weißt'n du das nicht?«.

Die Kraft schreibt »half-brother« an die Tafel.

Tristan sagt »I have got two half-brothers. They are twins.

They are«, er überlegt, »twenty-two years old. I think. Their names are Justus and Jakob.«

Das schreib ich auf.

»And I have got two stepbrothers. Tino is fifteen years old. Victor is eight years old. I have got one brother, his name is Kalle, he is five years old.«

Ich zähle durch.

»O. k., dann jetzt die Schwestern«, sag ich.

»IN ENGLISH, PLEASE«, von der Kraft.

»Two stepsisters. Sarah is nineteen years old. Julia is twenty-four. Oder nee, twenty-five. I think. One half-sister, Betty, she is twelve years old. And one sister. Also ganz. Öhm. Her name is Fabienne. She is eight years old, too.«

»Wieso too?«

»Because«, sagt er und zeigt auf dem Blatt auf Victor.

»Ah ja«, sag ich.

Jetzt weiß ich auch, warum wir zwanzig Minuten für das Blatt haben.

Ich überlege.

Dann schreib ich bei Jonathan »half-« vor das »brother«.

Aber dann streich ich das wieder weg.

Tristan schaut zu.

»Halbbruder ist so ein blödes Wort«, sag ich.

Tristan sagt nichts, dann zuckt er mit den Schultern.

»Ja, vielleicht.«

»Als ob das nur ein halber Mensch ist. Wie ein halbes Hähnchen.«

Tristan lacht.

Natascha zuckt zusammen.

»Wie Halbzeit. Oder halbe Stelle«, sagt er dann.

»So ›Hallo, meine Zeit als Bruder ist für diese Woche schon abgearbeitet, ich geh dann jetzt mal nach Hause, tschüssi!‹«, sag ich.

Tristan lacht wieder.

Und Natascha kann von mir aus wieder zusammenzucken.

Ich sitz ja nur wegen ihr hier. Wenn sie sich nicht weggesetzt hätte, würden wir jetzt zusammen die Aufgabe machen.

Ich atme einmal tief ein, dann schieb ich das Blatt zu Tristan rüber.

»Nächste Aufgabe«, sag ich.

»Miss Pauline, IN ENGLISH! PLEASE!«, von der Kraft.

Ich bleib auch da sitzen, als das Blatt abgearbeitet ist und wir was im Englischbuch machen. Ich hol mein Buch gar nicht raus, Tristan schiebt mir seins rüber. Dann ist eine Stunde vorbei, dann ist noch eine Stunde Englisch und ich bleib immer noch da sitzen.

Dann machen wir Listening Comprehension, und dann ist irgendwann Englisch vorbei und die große Pause fängt an.

Ich nehme meine Sachen und trag sie wieder nach hinten.

»Tschüssi!«, sagt Tristan.

»Ciao-i«, sag ich.

Tristan lacht und Natascha hat Dolchaugen. Giftpfeilaugen. Flammenwerferaugen.

Natascha schaut zu mir, schaut mir direkt in die Augen, sagt kein Wort, muss sie auch nicht.

Ich guck sie an, dann zucke ich mit den Schultern, nehme meine Jacke und geh raus auf den Hof.

Leonie und Natascha gehen mir hinterher.

Ich bleib einfach mal stehen, da rennen sie in mich rein.

»Oh, hoppla«, sag ich.

Immer noch Mord-und-Totschlagaugen von Natascha.

Leonie sagt »Du hast Tristan angegraben«.

»Ich hab was?«, frag ich.

»Ihn angegraben. Angeflirtet. Das hast du mit Absicht gemacht.«

»Warum?«

»Weil du Natascha eins auswischen willst.«

Also schau ich Natascha an. Und dann sag ich »Hallo, Natascha«.

Die starrt mich nur an, dann verschränkt sie die Arme.

Leonie macht schon wieder den Mund auf, da sag ich »Nee. Wenn Natascha mir was zu sagen hat, kann sie das selbst tun.« Und gucke dabei Natascha an. Und sage noch mal »Hallo, Natascha!«.

Die dreht sich auf dem Absatz um und geht weg. Und Leonie hinterher.

Ich glaub, Natascha hat sich bei Leonie mit was ganz Komischem angesteckt. Irgendwas zwischen Tollwut, Amnesie und Hirnschnupfen.

Da kommt Lukas an.

»Hallo«, sagt er.

»Hallo«, sag ich.

»Auf dem Sportplatz liegt noch ganz viel frischer Schnee.«

»Okay«, sag ich.

»Kommste mit?«

»Ja«, sag ich.

Besser als das hier ist Schnee auf dem Sportplatz allemal.

Lukas wartet, bis ich auch losgehe. Auf dem Sportplatz sind schon ein paar, aber es hat inzwischen wieder leicht angefangen zu schneien, und es ist so bitterkalt, dass die meisten einfach ins Schulhaus zurückgehen.

Lukas dreht sich um und schaut mich an, und dann lässt er sich mit ausgebreiteten Armen einfach so nach hinten fallen.

Der spinnt ja.

Aber dann fängt er an einen Schneeengel zu machen, also leg ich mich schnell dazu, weil ich das schon ewig nicht mehr gemacht hab.

Dann muss man ganz vorsichtig aufstehen, damit man den Engel nicht kaputt macht.

»Schau mal, die halten Händchen«, sagt Lukas.

Ich werde ein bisschen rot.

Dann seh ich ein paar Ältere, die in der Mittelstufe sind, die schieben eine Schneekugel rum, die bestimmt schon kniehoch ist.

»Da«, sag ich.

Lukas guckt und dann geht er vor und sagt »Hey, wir machen mit«.

Und die gucken uns an und machen ausnahmsweise mal keinen doofen Spruch darüber, wie klein wir sind, und haha, guck mal die Zwerge oder so. Die haben rote Backen und nicken uns zu, und Lukas und ich fangen an eine neue Kugel zu rollen.

»Das ist guter Schnee«, sagt Lukas.

»Das ist astreiner Schnee«, sag ich.

»Hervorragender Schneemannschnee.«

»Geradezu vorzüglich«, sag ich.

Lukas lacht.

Dann rollen wir die Kugel vor uns her und klopfen zwischendrin immer wieder den Schnee fest.

Meine Handschuhe werden schneenass und meine Haare unter der Mütze schweißnass.

Dann rollen wir unsere Kugel zu der von den Mittelstuflern. Die heben unsere auf ihre. Eine Kugel fehlt noch.

»Nicht schlecht«, sagt einer von denen.

»Gelernt ist gelernt«, sagt Lukas.

Da gucken sie ihn komisch an und dann lachen sie los.

Lukas guckt auf die Uhr. »Gleich klingelt's«, sagt er. »Wie viele Stunden hast du heute?«

»Sieben«, sag ich.

»Wollen wir in der Mittagspause weitermachen?«, fragt er.

Es klingelt. Lukas schaut mich an und wartet.

»Ja«, sag ich.

Lukas grinst breit. Dann rennt er los und ruft »Bis später!«.

Und dann fällt mir auf: Ich hab die ganze Pause nicht an Natascha und Leonie und überhaupt an gar nichts Blödes gedacht.

Ich hab Mathe und sitz allein.

Ich hab Geschichte und sitz allein.

Aber dann ist Mittagspause und ich renn raus, dabei sollte ich was essen, aber draußen hat es weitergeschneit.

Ich steh auf dem Sportplatz und da ist keiner, weil es wirklich doll schneit. Weil alle drinnen bleiben.

Drinnen zieht Natascha mit Leonie ihre Runden. Unsere Runden.

Unsere Ex-Runden.

Die suchen ja eh nur nach Oskar und Tristan. So was Bescheuertes.

Aber dann fällt mir auf, dass ich hier auch stehe und auf einen Jungen warte.

Im Schnee. In der Kälte.

Das ist ja noch bescheuerter.

Und der kommt eh nicht.

Warum auch immer.

Ist auch egal. Dann geh ich jetzt auch und dann geh ich eben ins Mädchenklo und warte da, bis die Mittagspause vorbei ist.

Und dann hab ich noch eine Stunde und sitz allein.

Und dann geh ich nach Hause.

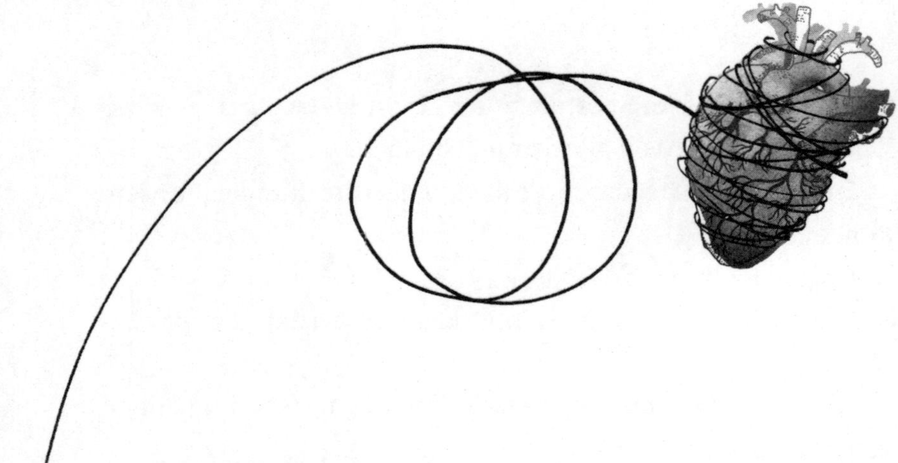

13. Ich steh auf der Straße und es fängt schon wieder an zu schneien.

Schnee.

Es gibt Wörter, die klingen so wie die Dinge, die sie beschreiben. Wie »Hatschi«.

Das ist Onomatopoesie. Das heißt tatsächlich so.

Es gibt Wörter, die klingen schön und die sind dann auch schön.

Poesie ist ein Wort, das so schön ist wie das Ding, das es beschreibt.

Es gibt Wörter, die klingen schön, aber das Ding dazu ist hässlich oder schlimm.

Heimweh klingt schön und tut nur weh.

Ich glaub, ich hab Heimweh.

Ich weiß aber nicht, nach welchem Zuhause. Und irgendwie glaub ich nicht, dass es Heimweh ist. Es tut aber weh.

Heimweh ist ein Ziehen im Herzen, je weiter man von zu Hause weg ist, umso mehr

zieht es, als hätte man ein Band ans eigene Herz gebunden und zu Hause verankert.

Aber das hier ist ein Ziehen, das in alle Richtungen wehtut.

Ich will nach Hause.

Ich steh da und ruf Mama an.

Dabei ist Mittwoch. Mittwoch ist noch Papatag.

Ich will meine Mama.

Ich will nach Hause.

Ich will Nudeln und mein Bett.

(Und einen Hund.)

Es klingelt ein Mal, dann nimmt Mama ab.

»Ist was passiert?«

Das ist so eine komische Frage.

Eigentlich muss ich Nein sagen. Weil Mama bestimmt denkt, dass ich vom Krankenhaus anrufe. Oder sonst woher.

Weil Papatag ist und er die Verantwortung hat.

»Hallo«, sag ich.

»Pauline, sag, was ist los?«

Ich weiß nicht.

»Kann ich zu dir kommen?«, frag ich.

»Wo ist denn Jan?«

»Ich glaub, im Büro.«

»Was ist denn los?«

»Ich weiß nicht.«

»Hast du Schmerzen? Bist du krank? Ist dir was passiert?«

Wenn ich jetzt Heimweh sage, lacht Mama bestimmt.

»Kann ich zu dir kommen?«, frag ich noch mal.

»Aber wir sehen uns doch morgen Abend.«

»Wo bist du denn gerade?«, frag ich.

»Im Büro«, sagt Mama. »Aber du kannst jetzt nicht vorbeikommen.«

»Warum nicht?«

»Pauline, jetzt sag endlich, was los ist, warum du anrufst.«

Es schneit die ganze Zeit weiter auf mich herab.

Und mir fällt und fällt nicht ein, warum ich anrufe.

»Natascha«, sag ich irgendwann.

»Was ist mit Natascha? Habt ihr Streit?«

Auch. Aber das ist anders.

»Ich glaub, wir sind keine Freunde mehr«, sag ich.

Und dann muss ich plötzlich weinen. Und steh da im Schnee, und so schön das auch klingt, so kalt und nass ist es auch. Und meine Mutter mag mich nicht sehen.

»Und?«, fragt sie.

»WIE UND?«, sag ich. Sehr laut.

»Pauline«, sagt Mama. Einfach nur meinen Namen.

Wie schnell traurig in wütend umkippt. Oder nicht umkippt, auf das Kilo Traurig kommt oben noch ein Pfund Wut drauf, wie beim Metzger. Wut am Stück.

Und weil Mama anscheinend eh nicht mit mir telefonieren will, leg ich einfach auf.

Ich sag nicht mal Tschüs.

Das hab ich vorher noch nie gemacht.

Ich leg also auf und dann schau ich mein Handy an und warte, was passiert.

Ob Mama zurückruft.

Aber sie schickt mir nur eine Nachricht.

»Wir sehen uns morgen. Dann reden wir. Halt die Ohren steif! Mama«

Halt die Ohren steif?!

In einem Film würde die Hauptfigur jetzt ihr Handy wegwerfen oder kaputt machen, aber im echten Leben ist ein Handy zu teuer.

Ich frag mich, warum Mama mich nicht sehen will.

Als Mama und Papa das mit dem Wochenplan ausklamüsert haben, da war ich noch klein. Und Mama hat wohl gesagt, dass es klare Regeln geben muss, damit mich das Hin und Her nicht verwirrt. Weil Kinder klare Regeln brauchen. Das sagt sie immer.

Dass ich also an Papatagen auch wirklich nur bei Papa bin und er sich um mich kümmert. Auch wenn ich Sehnsucht nach Mama hab. An Papatagen ist er für mich verantwortlich.

Damit es kein Durcheinander gibt. Auch wenn ich am Anfang manchmal traurig war, wenn ich sie nicht gesehen hab. Damals hat sie mich auch abgewimmelt. Anrufen war okay, aber wenn ich dann zu ihr wollte, hieß es immer »Wir sehen uns Donnerstag«. Das ist wohl Erziehung.

Aber ich bin ja nicht mehr klein.

Ich will sie ja nur sehen.

Und der Schnee nervt inzwischen auch. Ich sollte einfach zu Mama ins Büro gehen, obwohl sie mich nicht sehen will, und ihr sagen, dass sie an Papatagen trotzdem noch meine Mutter ist und ... Verdammtnochmal.

Da ist bestimmt der Stein dran schuld.

Dämliche Herzscheiße.

Dann stapf ich in Richtung Papa, und der Schnee knirscht

unter meinen Schuhen und flockt von oben immer weiter und weiter.

Als ich gerade vor der Haustür stehe, ruft Papa an.

»Hallo, Papa«, sag ich.

»Pauline, deine Mutter hat mich eben angerufen.«

»Und?«, ich kann das nämlich auch.

»Was und?«

Ich sag nichts, ich schließ die Haustür auf und trete mir vor der Tür noch den Schnee von den Schuhen.

Papa denkt nach. Dann »Ist alles okay?«.

»Nein«, sag ich.

»Was ist denn los?«, fragt er.

»Ist doch egal.«

»Ach komm, Olga.«

»Ich bin jetzt zu Hause«, sag ich.

»Ich komm so um sechs«, sagt Papa.

»Wie immer.«

»Ja.« Dann schweigt er noch ein bisschen rum. »Wir hätten zu Hause bleiben sollen, was? Heute früh, mein ich.«

»Ja«, sag ich.

Da bin ich schon in der Wohnung und versuche mit einer Hand am Ohr meine Jacke auszuziehen und nebenbei meine Schuhe von den Füßen zu kriegen.

»Bis später, mein Paulinchen.«

»Bis später, mein Janchen.«

Papa grunzt und legt auf.

Ich zieh mir die Jacke endlich aus, Schal, Mütze.

Schuhe, die Hose, die kalten Socken.

Dann zieh ich mir Jogginghosen und dicke, trockene Strümpfe an und koch eine Kanne Tee.

Ich bin ganz allein.

Bei Papa und Jette ist das komisch, wenn keiner da ist. Es fühlt sich immer so an, als ob was fehlt.

Als ob jemand die Tür offen gelassen hätte.

Oder als ob jemand gerade eine Frage gestellt hätte und niemand antwortet. Zu still.

Also mache ich das Radio in der Küche an, und als ich in mein Zimmer gehe, mach ich eine Platte von Papa an (der nennt das Platte, dabei sind das nur Dateien auf einem Stick).

Und dann setz ich mich an die Schreibmaschine.

Draußen schneit es und schneit.

Liebe Natascha

Du tust mir weh.

Aua.

Lass das.

Hör mal auf damit.

Dann rupfe ich das Papier aus der Schreibmaschine, es macht Wrrrrt, dann ziehe ich ein neues Blatt ein.

Das ist so offiziell.

Vielleicht sollte ich den Brief mit der Hand vorschreiben. Vielleicht sollte ich gar keinen Brief schreiben, sondern anrufen. Vielleicht sollte Natascha mich anrufen. Und dann soll sie sagen, dass es ihr leid. Und dass alles wieder gut ist.

Und dann vergeb ich ihr und alles ist wieder gut.

Es waren einmal zwei Freundinnen, die kannten sich schon immer. Auch als sie sich noch gar nicht kannten, weil sie nämlich noch in den Bäuchen ihrer Mütter waren, selbst da mochten sie sich schon und warteten nur darauf, dass sie sich endlich sehen konnten.
Und wenn sie sich sahen, war immer alles gut.
Sie spielten die besten Spiele der Welt.
Sie sangen die lautesten Lieder.
Sie malten die schönsten Bilder.
Und tanzten die wildesten Tänze.
Und keine tat der anderen weh. Und immer schien die Sonne. Und wenn sie Schneemänner bauen wollten, schneite es den richtigen Schnee dafür.
Und als sie größer wurden, wurde alles nur noch toller.
Sie erzählten sich die spannendsten Geschichten.
Sie reisten in die fernsten Länder.
Sie spielten mit den tollsten Hunden.
Und nie stritten sie sich.
Alles war immer gut.
Ende.

Eine Geschichte hat einen Anfang, einen Mittelteil und ein Ende.

Die hier hat immerhin einen Anfang und ein Ende.

Ich ziehe das Blatt Papier aus der Schreibmaschine und leg es beiseite.

Und wenn sie nicht gestorben sind, dann leben sie noch heute.

Es war einmal ein Land, in dem waren alle zufrieden bis glücklich.

Klar gab es manchmal auch so Na ja -Tage. Aber die waren recht selten.

Doch plötzlich wurden die Menschen krank. Erst dachte man, es sei nur der Frühling.

Dann seufzten alle.

Dann fingen alle an sich zu streiten.

Und das nur, weil sie angeblich verliebt waren.

Die besten Menschen der Welt wurden plötzlich zu den allergrößten Mieseköpfen, redeten Unfug und suchten Gründe, um einander tagelang anzuschweigen.

Nein. Blatt raus.

Das ist Papierverschwendung.

Die armen Bäume.

Ich nehme das Blatt mit der letzten Geschichte und dreh es um. Und dann nehm ich einen Stift und fange an einen Schneemann zu malen.

Und einen Hund.

Und dann schreib ich

Dem Schneemann fehlt
Eine Kugel Schnee
Eine Möhre
Hut und Kohlenstücke
Ein Besen.

Und dann denk ich gar nichts mehr.

Dann geh ich ins Bett und zieh die Decke über mich.

Ich würde jetzt so gern Winterschlaf halten. Ich stell mir vor, dass das geht, dass man einfach im Februar ins Bett geht und erst wieder aufsteht, wenn das Schlimmste vorbei ist (und am besten fangen dann gerade die Osterferien an).

Aber die Tiere legen sich ja schon im Herbst schlafen.

Ich lieg da und warte, was passiert.

Ob ich einschlafe.

Aber mein Kopf brummt und knattert vor sich hin.

Weil da Natascha drin ist. Und Leonie. Und Mama und ihr blöder Stein. Und Lukas, aber der ist ja eh nicht gekommen, der ist egal.

Ich steh wieder auf.

Jammern füllt keine Kammern. Das ist so ein blöder Spruch, aber der stimmt gerade.

Ich brauche einen Plan.

Damit alles wieder zurechtgerückt wird. Ich muss aufräumen in meinem Leben.

Also setz ich mich wieder an den Schreibtisch und dann nehm ich ein großes Blatt Papier und dann schreib ich:

Mama Natascha

Das sind die Problemgebiete.

So.

Und jetzt muss das alles am besten innerhalb von zwei Tagen wieder zurechtgerückt werden.

Ich fang mal mit Natascha an.

Am besten wäre es, wenn wir reden und uns wieder vertragen. Und ich glaube, das geht nur, wenn die dämliche Leonie nicht dabei ist.

Das heißt, nicht in der Schule.

Also ... und dann schau ich auf die Uhr. Also wäre jetzt vielleicht eine gute Zeit? Wobei die anderen bald heimkommen.

Das ist jetzt egal.

Ich zieh mich also wieder an, und dann schreib ich eine Nachricht an Jette und Papa, dass ich noch mal zu Natascha bin. Und aber vielleicht zum Abendbrot wieder heimkomme.

Das sollte zu schaffen sein. Das wäre ja gelacht.

Ich bin jetzt auch mal mutig.

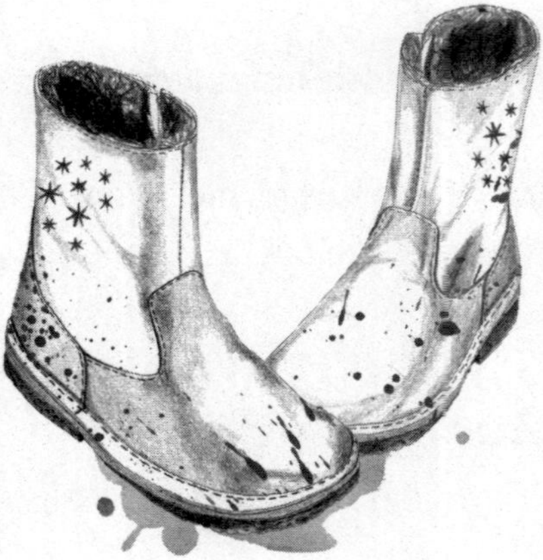

14. Ich stehe bei Natascha vor der Tür, und plötzlich fällt mir alles ein, was schiefgehen könnte.

Natascha ist vielleicht gar nicht da.

Die blöde Leonie ist vielleicht zu Besuch.

Natascha hat keine Zeit.

Natascha ist da und will trotzdem nicht mit mir reden.

Natascha sagt hässliche Sachen zu mir.

Das reicht eigentlich schon. Das ist alles schon Grund genug, um ein bisschen vor der Tür stehen zu bleiben, anstatt zu klingeln.

Aber es wird bald dunkel.

Also hol ich ein Mal tief Luft, und dann Finger auf die Klingel und dann gleich noch mal, damit man mich auch ja hört.

»Ja?«, fragt die Stimme von Nataschas Bruder.

»Hallo, hier ist Pauline«, sag ich.

Dann brummt der Türöffner.

Als ich oben ankomme, steht die Wohnungstür einfach nur offen. Keiner, der mich begrüßt.

Ich wisch mir die Schuhe an der Fußmatte ab und überlege, ob ich sie gleich draußen vor der Tür stehen lassen soll. Aber dann stell ich sie doch in die Wohnung, gleich neben die Tür.

Am Ende vom Flur hör ich Computerspielgeräusche. Das ist alles.

»Hallo?«, ruf ich mal in die Wohnung.

Ich guck in Nataschas Zimmer nach. Ganz vorsichtig drück ich die Klinke runter, wieder Luft holen, aber da ist gar niemand.

Und dann geh ich in die Küche. Da tickt nur die Uhr.

Dann steh ich wieder im Flur.

Also geh ich zu Arturs Zimmer, klopf einmal, zweimal an die Tür, laut, und weil der nichts sagt, geh ich einfach so rein.

»Wasn?«, fragt Artur.

»Wo ist denn Natascha?«, frag ich.

»Ist die nicht da?«

»Nee.«

»Oh.«

Und dann spielt der einfach weiter, und irgendein anderer Spieler irgendwo anders auf der Welt gibt Artur auf Englisch Befehle.

»Okay. Tschüs.« Dann mach ich die Tür zu und dann geh ich.

Und dann steh ich wieder draußen auf der Straße.

Die Laternen gehen gerade an.

Und dann denk ich, wenn das hier nicht funktioniert hat, dann geh ich jetzt zu Mama und bring immerhin das in Ordnung.

Es hat aufgehört zu schneien und der Schnee glitzert jetzt ganz prächtig und diamanten und wundervoll. Wenn das immer so sein könnte. So ein hübscher, strahlender Weg. Aber ohne Kälte und Glätte und ohne dass nach einem Tag alles dreckig und matschig ist.

Also knirsche ich nach Hause zu Mama, weil ich da auf sie warten will, aber dann steh ich auf der Straße und sehe, dass bei uns Licht ist.

Dann ist sie schon da. Auch gut.

Ich schließ die Haustür auf, und auf dem Weg nach oben denk ich darüber nach, was ich alles sagen will.

Dass ich nicht mehr drei bin, dass ich auch an Papatagen manchmal Mamabedarf hab. Dass ich dann nicht abgewimmelt werden will. Dass das mit Natascha außerdem ein ernsthaftes Problem ist und wehtut, auch wenn es nicht so ein Notfall ist wie ein gebrochener Arm oder so. Ich will darüber reden, weil Mama doch immer so klar ist und so gute Antworten gibt, ohne Schmu, also will ich sie fragen ... und dann mach ich die Tür auf und hör Musik. Was komisch ist, weil bei uns ganz selten Musik läuft, weil das Mama ablenkt, vom Lesen, vom Nachdenken, vom Gespräch.

Und es riecht nach Essen.

Und Mama unterhält sich.

Und in dem Moment, als ich im Flur stehe und merke, dass sie nicht allein ist, geht die Küchentür auf, weil sie natürlich die Wohnungstür gehört hat, meinen Schlüssel, wie der klimpert, und meine dicken Winterschuhe, die so einen Heidenlärm machen.

Und sie schaut aus der Küche raus, und ich hör hinter ihr einen Mann und denke »Stein«.

Mama hat rote Backen.

»Pauline«, sagt sie.

»Ja«, sag ich.

»Was machst du denn hier?«, fragt sie. Und ich glaub, mit dem Satz ist sie noch mal röter geworden, als ob das möglich wäre. Und Mamas Stimme. Quietscht.

Stein sagt irgendwas hinter ihr und kommt dann und fragt nur »Marlene?«, und dann steht der mit ihr im Türrahmen und schaut mich an.

Mama greift sich in die Haare.

»Oh«, sagt Stein.

Mama guckt von Stein zu mir. Mama hat eine Schürze um. Ich wusste gar nicht, dass wir so was haben.

Und darunter ist sie schick angezogen.

»Ist was passiert?«, fragt Stein und guckt von mir zu Mama.

Mama flattert.

Und darum geh ich jetzt einen Schritt vor und sag »Guten Tag, mein Name ist Pauline, ich bin hier die Tochter«.

Und er hält mir automatisch die Hand hin und sagt »Stein«.

Wirklich nur »Stein«.

Dann guckt er Mama an und sagt »Ich hab aber nur zwei Karten für die Oper«.

Mama schüttelt den Kopf, aber nicht, wie man das macht, weil man Nein signalisieren will, sondern so, als ob eine Biene um ihren Kopf schwirrt. Dann kommt sie zu mir. Dreht sich noch mal zu Stein um, sagt »Könntest du bitte mal nach der Soße schauen, dass die nicht anbrennt?« und der gehorcht und geht wieder in die Küche.

Da steht Mama vor mir.

Und ich denke, aha, deswegen durfte ich also nicht kommen. Deswegen werde ich also auf morgen vertröstet.

Und dann werde ich sauer.

Und sage »Aha«.

Mama ist immer noch rot. Dann sagt sie »Lass uns morgen reden«.

»Ich bin extra hergekommen, weil ich jetzt mit dir reden will. JETZT.«

»Das hat doch sicher Zeit bis morgen«, sagt sie.

Nein, das ist akut. »Akut« ist auch ein gutes Wort, weil es so was wie »jetzt sofort!« als Adjektiv ist.

»Stein«, sag ich.

Mama ist so rot, ich glaub, gleich schmilzt ihr Gesicht.

Dann schaut Stein zur Küchentür raus und fragt »Isst Pauline denn mit?«.

»Nein, Pauline darf erst morgen wieder hier essen!«, sag ich und dann geh ich.

Und stapfe die Treppe runter, und bin froh, dass ich noch nichts ausgezogen hatte, und Mama ruft mir noch halbherzig hinterher. Mit halbem Herzen. Weil die andere Hälfte jetzt wohl Stein gehört.

Also stapf ich durch den dämlichen Knirschschnee nach Hause zu Papa, der doch eh schon Bescheid weiß, weil Mama ihn bestimmt inzwischen schon wieder angerufen hat, und bestimmt hat er auch schon mit Jette drüber gesprochen und jetzt müssen wir auch darüber reden und bäh.

Bäh. Bäh. Bäh. Den ganzen Heimweg lang bäh.

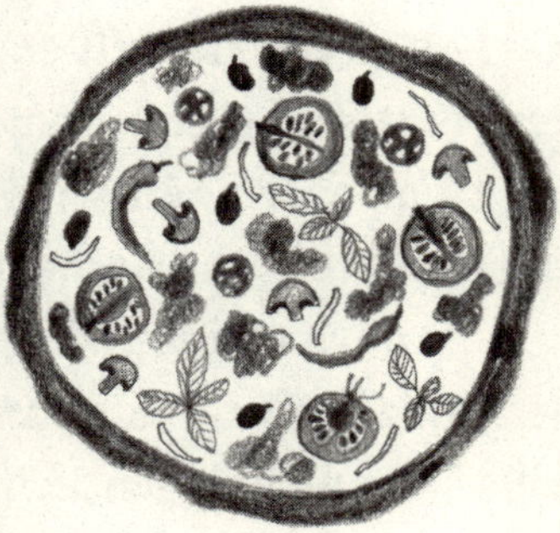

15. Ich steh vor unserer Haustür, der von Papa, Jette, Jonathan, mir und den anderen, die hier im Haus wohnen.

Wenn es nicht so kalt wäre.

Wenn ich älter wäre.

Dann würde ich nicht hier stehen.

Dann würde ich weitergehen, und irgendwas anderes machen, weil ich gerade nicht nach Hause gehen will. Nicht hierhin, nicht dahin.

Aber ich bin gerade mal elf.

Also schließ ich auf und weiß, oben sitzt Papa. Und Jette.

Und die haben mit Mama gesprochen. Und gleich werden sie auf mich einreden.

Und das nennen die »miteinander reden«.

So ein Quatsch. Also hol ich wieder Luft, als ich vor der Wohnungstür stehe, und ich schließe auf, und ich will am liebsten gleich ins Bett.

Aber sobald man hier die Tür aufmacht, kommen alle aus ihren Löchern.

Zuerst Jonathan. »PAULINE!«, schreit er. Als hätte ich meinen eigenen Namen vergessen. Oder er, und als hätte er sich jetzt in genau diesem Moment erinnert, wie ich heiße. Jonathan umarmt meine Beine, also kann ich erst mal nicht weitergehen. Kann da nur stehen, weil mich mein Bruder gefangen hält. Und klar kommt dann Jette in den Flur. Und dann auch Papa.

Und ich denke, hat Jette nicht eigentlich Yoga? Aber heute bin ich wohl wichtiger. Reden ist wichtiger.

Ich will aber nicht mit denen reden. Sondern mit Natascha oder Mama. Am besten mit beiden.

Weil ich schon weiß, dass jetzt ganz viele Erwachsenensätze kommen. So was wie »Der Klügere gibt nach« (wehe, das sagt heute jemand). Oder »Die Zeit heilt alle Wunden«.

So vernünftige Sachen halt.

Ich seh Jette, und die hat auch schon ihr vernünftiges »Wir setzen uns jetzt mal alle zusammen«-Gesicht auf. Und das macht mich so wütend, weil ich mir vorkomme, als hätte ich was falsch gemacht. Und als müsste man mir jetzt erklären, was genau ich falsch gemacht habe.

»Es gibt Pizza!«, sagt Jonathan. »Selbst gemacht! Ich hab gekocht!«

»Jonathan, lass mal deine Schwester los«, sagt Jette.

»Du bist meine Schwester!«, sagt Jonathan.

»Ich weiß«, sag ich.

Er kichert, dann lässt er mich los und singt »Pizza, Pizza, Pizza«.

Und dann lacht er wieder. Wenn das so weitergehen würde, wäre alles gut.

Pizza essen und mit Jonathan über Pizza reden. Und Lieder über Pizza singen. Und mehr nicht.

Jonathan rennt in die Küche. Jette kommt auf mich zu und nimmt mich in den Arm.

Heute will ich das nicht. Aber schieb mal jemanden weg, der dich umarmen will.

»War ein langer Tag heute, was?«, sagt sie.

Ich zucke mit den Schultern.

»Na, dann komm erst mal an. Pizza ist gleich fertig«, sagt sie.

Also zieh ich mich wieder aus und hänge meine Jacke an die Garderobe zu den anderen Jacken, die da alle irgendwie rumhängen oder -liegen, und ich stelle meine Schuhe neben den Schuhhaufen, und ich lege meine Handschuhe und meine Mütze und meinen Schal zusammen und schiebe sie in den Ärmel meiner Jacke. Ziehe wieder dicke Socken an. Dann geh ich ins Bad und wasch mir die Hände. Und das Gesicht. Und dann schau ich in den Spiegel, aber da bin nur ich.

Dann warte ich, bis Jonathan nach mir ruft.

Als ich mich an den Tisch setze, guckt Papa mich an.

Und nickt nur.

Ich bin so froh, dass es Jonathan gibt. Dass der redet. Über Pizza und was er alles draufgetan hat und was im Kindergarten los war. Vom Zoo redet er, dabei waren die noch nie im Zoo, aber er hat sich so ein Buch angeguckt. Und dann zählt er alle Tiere auf, die da im Zoo sind. Und dann singt er wieder sein Pizzalied.

Und das Pizzalied wird zum Tiere-im-Zoo-Lied.

Jonathan sitzt auch nicht, der steht jetzt halb auf seinem Stuhl.

Jette schaut mich besorgt an.

Ich weiß, die will jetzt wissen, wie es mir geht.

Was alles passiert ist. Und dann will sie es mir erklären.

»Wo warst du?«, fragt Jonathan.

»Wann?«, frag ich zurück. Und er denkt nach und sagt »Eben!«. Das kann alles heißen. Das kann auch gestern heißen. Oder Weihnachten.

»Ich war draußen. Und davor war ich bei meiner Mama, aber die wollte mich nicht sehen. Und davor war ich bei Natascha, aber die war gar nicht da. Und davor war ich hier und hab nachgedacht. Und davor hab ich mit Mama telefoniert, aber die wollte gar nicht reden. Und weißt du, warum?«

»Nein?«, sagt Jonathan und hat das Stück Pizza vor seinem Mund und beißt nicht ab.

»Weil sie nämlich jetzt verliebt ist. Und weißt du, warum Natascha und ich Streit haben?«

»Warum?«, fragt Jonathan.

»Weil sie auch verliebt ist.«

»Verliebt«, sagt er und hat immer noch die Pizza in der Hand. »Deine Mama ist nicht meine Mama«, sagt er.

»Das stimmt. Meine Mama ist Marlene und die hat jetzt einen Stein. Du hast Jette.«

Ich merke, wie Jette inzwischen fünfmal Luft geholt hat, um was zu sagen, aber ich rede einfach weiter.

»Und weißt du was?«, sag ich.

»Was?«, fragt Jonathan.

»Du hast die Pizza echt gut belegt!«, sag ich.

Da grinst er breit und singt das Pizzalied.

»Pauline«, sagt Jette.

Aber ich antworte nicht. Weil sie nur meinen Namen gesagt hat, und der ist keine Frage. Ich ess jetzt.

Jette holt wieder Luft, dann sagt sie »Lass uns mal gleich miteinander reden, wenn Jonathan im Bett ist«.

»Ich will nicht ins Bett, ich will auch reden!«, sagt Jonathan.

»Und ich will ins Bett, aber nicht reden«, sag ich.

Jonathan guckt mich an.

Jette guckt mich an.

Papa räuspert sich und guckt auf seinen Teller.

»Jetzt sag doch auch mal was«, sagt Jette zu Papa.

Der zuckt mit den Schultern. »Was denn?«

»Pauline, deine Mutter ist verliebt, das ist doch gut«, sagt Jette.

»Dann ist ja alles super!«, sag ich.

»Natürlich bist du … vielleicht sauer. Oder traurig. Weil das neu ist.«

Ich schau Jette an und sage gar nichts.

»Veränderungen sind manchmal schwer zu verkraften. Aber du weißt, dass du immer der wichtigste Mensch für Marlene sein wirst«, sagt Jette. »Du bist ihre Tochter. Sie hat dich sehr lieb.« Dann nickt sie.

Ich mag doch Jette eigentlich. Aber alles, was sie gerade sagt, find ich so … dumm. Und leer. Und flach.

Floskeln. Ich kann Jette gerade sehr wenig leiden deshalb.

Sie schaut mich an, als müsste ich jetzt was sagen.

»Das ist halt von deiner Mutter …«, fängt Papa an, und Jette sagt »JAN!«.

»Ach was, kaum gibt's da jemanden, vergisst sie, dass sie auch Mutter ist. Und Verantwortung hat. Und das Kind steht dann bei ihr und darf nicht rein. Das ist doch so was von daneben. Und Pauline soll dafür jetzt auch noch Verständnis haben?«

Ich will Papa gegen das Schienbein treten. Weil das alles nicht stimmt und doch ein bisschen stimmt. Aber er sagt das ja gar nicht wegen mir.

»Du bist doch nur sauer, weil Mama dich nicht wollte«, sag ich plötzlich.

Hui.

»Pauline!«, sagt Jette.

Papa guckt mich böse an und trinkt einen Schluck Bier und starrt dann aus dem Fenster, aber da ist es nur dunkel.

Jonathan singt ganz leise das Pizzalied. Er flüstert es nur noch. Und schiebt seine Pizza hin und her.

Ich möchte ihn umarmen. Ich möchte Jonathan mit Pizza füttern und dann mit ihm in den Zoo gehen. Mitten in der Nacht, ihm alle Tiere zeigen, und dann denken wir uns zu jedem Tier ein Lied aus. Mindestens.

Papa grummelt vor sich hin. Dann guckt er mich kurz an. Als ob er was sagen wollte.

Das Blöde ist aber, dass ich recht hab. Das weiß sogar Jette. Dass Papa Mama wollte, aber die ihn nicht. Die wollte nur mich. Das ist aber auch schon lange her. Und inzwischen hat er Jette. Die beiden sind verheiratet und haben Jonathan.

Aber Mama wollte ihn nicht. Und jetzt will Mama jemand anderen.

Das ist alles so ein Quatsch mit Gefühlssoße.

Ich mag nicht mehr.

»Ich geh mir jetzt die Zähne putzen«, sag ich, und dann stups ich Jonathan an und frag »Kommst du mit?«.

»JA!«, ruft er, also gehen wir ins Bad und lassen Papa und Jette da sitzen bei ihren Pizzakrusten und blöden Sätzen.

16. Ich putze mir mit Jonathan die Zähne, dann leg ich mich mit ihm in sein Bett und wir schauen uns die Bilder an, die er gemalt hat, die er an der Wand über seinem Bett aufgehängt hat.

»Das ist ein Haus und da ist ein Baum und da ein Krokodil und da noch eins.«

»Ganz schön viele Krokodile«, sag ich.

Er nickt.

»Und das da?«, frag ich.

»Das ist Mama und Papa und du uuuund ...«, er überlegt.

»Schön ist das.«

Weil es das echt ist. Klar malt Jonathan wie ein kleiner Junge. Alles ist krakelig und schief.

Aber er malt mit den schönsten Farben.

Ich hab damals immer nur Rot, Gelb, Blau, Grün und vielleicht Pink oder so benutzt. Und alle Farben schön nebeneinander. Aber da, wo der Himmel ist, hat Jonathan alles an Blau reingetan, was er gefunden hat. Alle Filzstifte, Wachsstifte, Buntstifte. Und das passt. Das sieht echt gut aus.

»Das schenk ich dir«, sagt Jonathan.

Er steht auf und nimmt es ganz vorsichtig von der Wand. Trotzdem macht es kurz Ritsch, und er sagt »Oh« und ich sag »Nicht schlimm«.

Dann gibt er mir das Bild.

»Danke!«, sag ich.

»Bitte schön«, sagt er.

»Das häng ich mir auch gleich übers Bett. Damit ich das vorm Einschlafen noch sehe. Und morgen früh dann gleich wieder zum Aufwachen.«

Jonathan grinst.

Dann springt er auf mich und umarmt mich so fest, dass es wehtut, und dann knallt er mir noch einen Kuss auf die Backe.

Und dann liegen wir da und Jonathan erzählt mir von Krokodilen und vom Zoo und von Pizza und von seinen Freunden im Kindergarten und vom Schnee.

Und dann legt er sich an mich und dann erzähle ich ihm, dass ich heute einen Schneemann gebaut hab. Und dass ich einen Schneeengel gemacht hab. Und dass ich ihm bald zeige, wie das geht.

»Wann?«, fragt er.

Und ich denke, morgen muss ich nach der Schule zu Mama. Und nächste Woche ist der Schnee vielleicht schon wieder weg.

»Bald«, sag ich.

»Bald«, sagt er. Ganz müde. Ich auch.

Ich werde wach, weil Jette die Tür aufreißt und ruft »Wir haben alle verschlafen! Aufstehen!«

Ich lieg in Jonathans Bett.

Er liegt neben mir und reibt sich jetzt die Augen.

Hier ist keine Uhr. Aber Jette ist sonst nie vor Jonathan wach.

»Oje«, sag ich.

»Oje«, sagt er.

Dann ziehen wir uns schnell an, erst helf ich ihm, dann schick ich ihn zu Jette und Papa und mach mich selbst fertig.

Ich schau raus.

Der Schnee ist nur noch Matsch. Nass und eklig.

Jette und Papa sind laut und rennen hin und her und rufen sich dabei Sachen zu.

Ich stell meine kleine Reisetasche in den Flur. Meinen Lieblingspulli hab ich eingepackt. Sonst ist alles bei Mama.

Ich mach mir ein Brot und dann schmier ich noch eins und geb es Jonathan, während Jette und Papa sich anziehen und Zähne putzen und Schlüssel suchen. Jonathan und ich stehen in der Küche und essen unsere Brote, dann geb ich ihm was zu trinken und mir auch, pack mir noch ein Brot und einen Apfel für später ein. Ich zieh Jonathan die Jacke an und mir meine und wir warten auf Jette und Papa, bis die endlich vor uns stehen und fragen »Seid ihr fertig?«.

»Längst«, sag ich.

»Mama, beeil dich!«, sagt Jonathan.

»Jaja, du hast mich ja nicht geweckt!«

»Man sollte sich eben auch nicht auf einen Vierjährigen verlassen!«, sagt Papa.

»Hast du einen Wecker gestellt? EBEN!«

Papa ist fertig, brummt, flucht und greift sich an den Rücken, und dann sagt er »Los«, zu mir und »Tschüs« zu Jette und Jonathan.

»Tschüssi!«, ruft Jonathan, dann fällt die Tür zu.

Papa geht mit sehr großen Schritten zum Auto und ächzt und flucht, dabei ist das Auto heute nicht mal eingeschneit, und die ganze Zeit scheucht er mich, dabei bin ich schnell und trödel überhaupt nicht.

Und im Auto sagt er gar nichts zu mir. Nur zum Verkehr.

Aber als wir an der Schule sind, nimmt er mich so komisch in den Arm, wie man das im Auto macht, wenn man nebeneinandersitzt und angeschnallt ist.

»Ruf mich nachher mal an, machst du das?«

»Okay«, sag ich.

Das sagt Papa sonst nie.

Dann scheucht er mich aber wieder, und zwar aus dem Auto, und dann klingelt es auch schon zur Stunde und ich bin noch nicht mal am Schultor.

Die Tür zum Klassenzimmer ist schon zu.

Und davor steht Lukas. Als er mich sieht, sagt er nur »Hallo, hier, tschüs«, drückt mir was in die Hand und rennt die Treppe runter.

Ein Briefumschlag. In Grün. So grün wie Ende April.

Drauf steht mein Name. Gestempelt.

Drinnen sagen alle gerade »Guten Mooorgeeeen« und ich reiß die Tür auf, und schnell an meinen Platz. An meinen Tisch. Alleine.

Ich guck nicht zu Natascha. Oder zu Leonie. Ich stell meine Tasche neben den Tisch, zieh mir schnell die Jacke aus und Mütze und Handschuhe und schmeiß alles auf den leeren Stuhl neben meinem, dann setz ich mich und hol ganz schnell mein Mathezeug aus der Tasche.

Aber der Umschlag.

Erst hab ich ihn auf dem Tisch, dann darunter, dann will ich ihn in die Tasche stecken, dann aber doch nicht, dann setz ich mich drauf, und dann leg ich ihn doch wieder auf den Tisch unter mein Matheheft.

So laut kann ein Brief sein, dass man gar nicht mehr zuhören kann, was im Unterricht passiert.

So laut, dass ich denke, das müssen doch alle hören, das müssen alle riechen und schmecken, und das Kribbeln, das müssen sie erst recht fühlen, das muss doch alle jucken, in den Fingerspitzen und den Zehen und hinterm Ohr. Eine Stunde Mathe sitze ich da und warte, bis Pause ist, und dann steck ich den Brief in meine Hosentasche, klein gefaltet, und dann renn ich zum Klo, und als ich da bin, schließe ich mich ein, damit ich so allein wie möglich bin.

Das Papier ist blau, hellblau, und darauf

Liebe Pauline,
Mit einer Maschine
Schreib ich dir
Ohne Bleistiftmine.
Im Zoo gibt's Pinguine
Am Südpol auch

Ich fahre keine Limousine,
Ich schenk dir eine Apfelsine,
eine Praline
Und noch eine, wenn du magst
Du bist eine Lawine!
Ich will nur noch Termine
Mit dir.
Der mit der roten Gardine.

Ich fahre mit den Fingern übers Papier, die Buchstaben sind eingestanzt, nicht wie mit dem Drucker, der hat das echt auf einer Schreibmaschine geschrieben.

Das ist so

alles.

Herrjemine.

Ich muss das gleich noch mal lesen. Und dann noch einmal. Und dann klopft ein Mädchen an die Tür und ruft, dass sie muss und dass ich mich mal beeilen soll, sonst macht sie sich in die Hose.

Ich geh raus und dann geh ich wieder zu meiner Klasse. Und steh vor der Tür, wo Natascha auf ihrem neuen Platz sitzt und mich anschaut und Leonie neben ihr mich auch anschaut und dann Natascha was ins Ohr sagt.

Gleich klingelt es, wirklich sehr gleich.

Aber ich hüpf schnell die Treppen runter und hab Glück, denn erstens steht die Tür vom Klassenzimmer der b offen und zweitens seh ich Lukas gleich und drittens er mich und kommt viertens raus.

Ich bin einfach runtergegangen und weiß gar nicht, was ich ihm sagen will, ob ich ihm was sagen will, aber er kommt und schaut, und dann grinst er.

Ich glaub, weil ich auch grinse.

Und dann stehen wir da ein bisschen voreinander und grinsen, dass es wehtut, in den Backen, in den Zähnen, im Hals, und irgendwann sag ich schnell und leise »Danke«.

Lukas grinst noch ein klitzekleines bisschen mehr, falls das geht.

Da stehen wir und grinsen, bis irgendwer kommt, mich wegscheucht und die Tür schließt. Aber ich grinse noch ein bisschen weiter und steige wieder die Treppen hoch und alles ist jetzt ein bisschen heller.

Die zweite Stunde hat schon angefangen. Ich komme rein, mir wird gesagt, dass ich zu spät bin, ich entschuldige mich.

Ich setze mich und will Natascha alles erzählen. Ich will, dass sie wieder neben mir sitzt. Dass ich ihr den Brief zeigen kann. Ich will, dass sie den genauso wahnsinnig und toll findet wie ich, und komisch und lustig und genau richtig. Ich will ihr erzählen, dass Mama gestern aus war mit dem Stein. Richtig aus. Das ist mehr als nur rot werden, wenn er in der Nähe ist. Das ist schon was. Und dann will ich sagen »Verstehst du, was ich meine?«, und ich will, dass sie nickt, weil sie es versteht.

Ich will mit ihr drüber reden, ob der Stein bei uns einzieht. Wie lange so was dauert. Wann so was ernst wird. Ob man als Kind da mitreden kann. Mitentscheiden.

Ich will, dass wir darüber reden, damit ich nachher gewappnet bin, wenn ich Mama treffe. Damit ich weiß, was ich sagen will und was ich sagen werde. Und damit ich weiß, was ich fragen will.

Am liebsten hätte ich, dass Natascha dabei meine Hand hält. Oder einfach neben mir sitzt.

Aber die sitzt ja nicht mal jetzt neben mir.

Und vielleicht weil ich das alles denke, verschwindet das Grinsen so ganz langsam und mir rutscht plötzlich so ein ganz lauter Seufzer raus, den alle hören, weil es gerade sehr leise ist in der Klasse.

Und weil er auch echt laut und tief war. Wie ein Gefühlsfurz. Ein Seelenrülpser.

Irgendwann haben alle fertig gekichert und es geht weiter.

Und ich denke, ich muss doch irgendwas machen können.

Und dann denk ich nach.

17. Ich denk nach und nach und mir fällt nichts ein. Ich sitz da im Unterricht und denk überhaupt nicht an Unterricht, aber mein Gesicht tut wohl so, als würde ich ganz angestrengt zuhören.

Das ist ganz gut.

Und ein bisschen weiter links, neben Leonie sitzt Natascha. Wenn ich mich doch einfach nur umdrehen müsste, sagen »Hey, bitte, bitte, können wir jetzt mal bitte wieder Freunde sein? So wie das immer war?«

Als wir noch klein waren, da ging das einfach. Oder man ist zur Erzieherin gegangen und hat gesagt »Natascha ist doof zu mir«, und dann hat sich die Erzieherin mit uns zusammengesetzt, bis alles wieder gut war.

Aber so läuft das nicht mehr.

Ich denk, vielleicht sollte ich genau das mal machen. Einfach zu einem Lehrer gehen und sagen: Die spielt nicht mehr mit mir, mach das mal bitte wieder heile.

Ich denke nach, und dann ist Pause.

Und draußen ist irgendwo Lukas. Hui.

Ich zieh mich an und schau noch kurz zu Natascha, aber die steht mit Leonie am Fenster und schaut mit ihr raus.

Zwei Rücken.

Ich schluck ein Seufzen runter, bevor mir das wieder rausrutscht, und geh nach unten.

Da steht Lukas und wartet auf mich. Und grinst.

Hui.

Dann stehen wir da kurz und grinsen, und dann sagt Lukas »Gehen wir raus?«.

Und ich sag Ja und wir gehen raus und so ist das jetzt.

Mit dem Schneemannbauen gestern war das einfach. Da kann man was machen und muss nicht reden.

Aber der Schnee ist ja zu nichts mehr zu gebrauchen. Wir stehen ein bisschen auf dem Hof und gucken hierhin und dahin.

Dann frag ich ihn, ob er Tischtennis spielt.

»Nö, aber manchmal schau ich zu.«

»Ich hab auch eine Schreibmaschine«, sag ich plötzlich.

»Du bist in der Mittagspause gar nicht gekommen«, sagt Lukas.

»Doch. Du bist nicht gekommen«, sag ich.

Wir gucken uns ein bisschen doof an. Dann sag ich »Ich war aber nicht lange da«.

Weil das stimmt. Weil ich nach fünf Minuten abgedampft bin.

»Manchmal komm ich zu spät«, sagt Lukas und guckt auf den Boden.

»Nicht schlimm«, sag ich. »Meine Schreibmaschine ist mintgrün.«

Und dann ist alles ganz einfach. Wir stehen irgendwo rum und irgendwann zeigt Lukas mir Videos von seinem Hund, welche Kunststücke der kann, und ich frag ihm ein Loch in den Bauch, seit wann er Rocko hat, woher, und wie man einem Hund so was beibringt, und ob er ihn immer nur die halbe Woche sieht. Und ob seine Mutter auch einen Hund hat. Und ob er Geschwister hat. Und dann zeig ich ihm Jonathan. Und zackbumm ist die Pause vorbei.

Und dann schaut mich Lukas an und sagt schnell »Ich mag dich«.

Ich denke »Ich weiß« und sag »Aber du kennst mich doch eigentlich gar nicht«.

Und Lukas grinst und zuckt mit den Schultern und sagt wieder »Ich mag dich«. Dann rennt er weg und ruft »Bis später!«.

»Bis später« werden meine neuen Lieblingsworte, glaub ich.

Dann haben wir Musik und machen endlich auch mal Musik, anstatt immer nur drüber zu reden.

Natascha soll ans Klavier, weil sie die Beste von allen aus unserer Klasse ist, die Klavier spielen.

Ich mag das so gerne, wenn Natascha spielt. Wenn Lotta spielt, zieht die Grimassen und schimpft die Noten aus, oder ihre Hände, wenn die danebengreifen. Und wenn sie vom Hocker aufsteht, sieht man ihr immer an, wie erleichtert sie ist. Lotta würde viel lieber Schlagzeug lernen, das wollen aber ihre Eltern nicht. Und ihre Nachbarn erst recht nicht.

Natascha streichelt das Klavier, bevor sie anfängt zu spielen. Ganz leicht und heimlich, als würde sie ihm Hallo sagen. Und zuflüstern, dass sie jetzt vorhat ein Lied zu spielen. Klar muss das Klavier dann mitmachen, wenn jemand so nett anfragt.

Und Natascha lächelt beim Spielen.

Heute also machen wir Musik in Musik, Hannah hat die Gitarre bekommen und stimmt sie erst noch mal, Lotta hat sich die Bongos geschnappt und haut schon drauf rum, ich krieg Klangstäbe, weil ich gar nichts spielen kann. Aber ich kann singen. Und alle, die singen können, und alle, die singen sollen, bekommen die Noten mit dem Text.

Dann bekommt jeder gesagt, was zu tun ist. Ich muss einfach nur einszweidreivier schlagen. »Geht das?«, fragt der Trochelmann, und ich sag »Ich glaub, das schaff ich«.

Leonie guck ich gar nicht an. Wenigstens kann die jetzt nicht neben Natascha am Klavier sitzen.

Die erste Stunde gehen wir alle Einzelstimmen vom Lied durch und in der zweiten Stunde versuchen wir das x-mal zusammen, bis wir es dann endlich, endlich kurz vor Schluss hinbekommen. Aber dann, dann ist das, als wäre echt ein Knoten geplatzt (was komisch klingt, wie kann denn ein Knoten platzen, der kann sich doch nur lösen oder so), und es flutscht. Es rutscht einmal von A bis Z, erst die erste Strophe, dann die zweite, dann wippen alle mit und singen ein bisschen lauter und grinsen sich dabei an.

Natascha guckt auf die Noten und ist ein Lebkuchenpferd.

Ich schau so vor mich hin und klacker meine einszweidreivier und singe ganz laut »it's easy«, weil es echt easy ist.

Und in dem Moment schau ich Leonie an, und die grinst aus Versehen breit in meine Richtung.

Und ich glaub, ich grinse auch aus Versehen zurück.

Schnell schau ich wieder weg. Und sie auch.

Es ist so schade.

Bis hierhin war alles gerade gut.

Zum Glück verspiel ich mich nicht.

Aber als am Ende alle klatschen, sind meine Hände ganz schlapp.

Der Trochelmann bedankt sich bei uns für ein wunderschönes Lied, und wir verbeugen uns alle voreinander.

Dann klingelt es, und Natascha streichelt noch einmal über das Klavier, und ich glaube, sie sagt auch Danke und Tschüs.

It's easy.

Mit Lukas ist es echt easy. Ich komme also runter auf den Hof und da wartet er, und das ist gar nicht komisch oder nervig, es geht einfach weiter, echt, er fragt gleich was, was er eben in der letzten Pause schon fragen wollte, und dann reden, reden, reden, Pause vorbei.

Aber dann ist es gar nicht easy, weil ich noch eine Doppelstunde Reli hab. Mit Natascha. Und zwar im Klassenzimmer von der c. Da sitzen wir mit denen an Gruppentischen zusammen, Natascha und ich mit Edda und Franzi und Meret an einem Tisch. Leonie ist nicht bei uns in Reli.

Und klar sitzen Natascha und ich nebeneinander. Sonst.

Nach der Pause geh ich also zu der c und setz mich an den Tisch.

Dann kommen Edda und Franzi und Meret.

Und irgendwann Natascha. Da hat es schon geklingelt, und wir haben alle schon laut »Guten Morgen« zum Reli-Schmitt (es gibt noch einen NaWi-Schmitt) gesagt (der mag das).

Dann kommt Natascha und setzt sich neben mich und schaut mich nicht an.

Die anderen sagen leise Hallo.

Natascha ist ganz rot.

Dann werden Arbeitsblätter ausgeteilt, wo es um Fastnacht, Fasching oder Karneval geht (so steht das obendrauf »Fastnacht, Fasching, Karneval«). Und was das alles mit der Kirche zu tun hat. Und so Kram.

Mir ist das egal, erstens, weil man das bei uns eh nicht so dolle feiert, und zweitens, weil Natascha zum ersten Mal seit Dienstag endlich wieder neben mir sitzt. Aber ich glaub, nicht freiwillig.

Und jetzt ist auch erst mal doofer Unterricht, da kann man sich ja nicht einfach umdrehen und sagen »So, hey, wo du hier gerade so schön neben mir sitzt, können wir jetzt mal reden und uns aussöhnen?«.

Wobei ein Religionslehrer das ja unterstützen sollte. Von wegen Vergebung oder so. Jesus wäre bestimmt dafür.

Aber dann reden wir von Bräuchen und vom Winter und dem Kirchenjahr und Aschermittwoch und wie Fasching wo gefeiert wird. Und dass es in England einen »Pancake Day« gibt. Und in New Orleans »Mardi Gras«, das heißt fettiger Dienstag (igitt), und das kommt wirklich von Fetten, wegen der Fastenzeit danach und so. Echt jetzt.

Dann redet der Schmitt so viel über Pfannkuchen und Krapfen und Quarkkeulchen und etwas, was Beignet (»Bängjeh«) heißt, dass Franzis Bauch anfängt zu knurren.

Natascha und ich lachen gleichzeitig los, weil Franzis Bauch klingt, als würde er Ooooooh sagen.

Und das geht so automatisch, weil wir das, glaub ich, schon immer gemacht haben, und dann schauen wir uns an, weil das auch schon immer so war, dass wir uns anschauen, wenn wir über dieselbe Sache lachen.

Natascha lacht also über Franzis jaulenden Bauch und schaut mich an und lacht und wird ganz schnell wieder rot, aber ich schau sie auch an und lache und lache weiter und höre nicht mehr auf. Gar nicht.

Und Natascha lacht auch weiter. Das ist, wie es immer war, und ich denke, vielleicht ist jetzt ja alles gut, vielleicht müssen wir gar nicht reden, vielleicht müssen wir einfach nur zusammen lachen, bis alles wieder gut wird, also lach ich noch so lange weiter, bis der Schmitt uns anpfeift.

Da schaut Natascha wieder auf ihr Blatt und malt drauf rum. Und so bleibt sie, bis die Stunde vorbei ist, und dann auch die ganze zweite Stunde lang, schaut nur auf ihr Blatt und malt und nichts sonst. Meret stupst mich irgendwann an und flüstert »Was ist denn mit Natascha?«.

Ich weiß nicht, will ich sagen. Frag du sie doch mal.

Sie ist sauer auf mich, weil ich vorgestern was Blödes gesagt habe, und dabei hab ich mich gleich entschuldigt. Und dann vielleicht noch wegen Tristan. Dabei kann ich da echt nichts für.

Aber weil es mitten im Unterricht ist und der Schmitt so einer ist, der es super-, superstill mag, deshalb zuck ich nur mit den Schultern.

Weil ich echt keine Ahnung hab. Eben hat sie doch noch mit mir gelacht.

Und dann ist die Stunde um. Dann ist der Tag vorbei.

Ich schiele zu Natascha, ob die jetzt gleich rausrennt. Und weil ich ja was machen muss, weil Natascha noch nicht fertig ist mit Packen und die anderen da auch rumstehen, und weil ich schon alles eingepackt hab und schon fast fertig angezogen bin, mach ich das Handy wieder richtig an, und sofort fängt das an zu piepen wie blöde.

Und hört gar nicht mehr auf.

Oje.

Alles Nachrichten von Jette.

Dass sie angerufen hat.

Dann SMSen.

Mir wird schlecht. Ich setz mich und alle gucken mich an.

Jette hat nur geschrieben, dass ich bitte SOFORT bei ihr anrufen soll, wenn ich das Handy wieder anhabe.

Mir zittern die Finger.

Also ruf ich Jette an und es tutet und tutet.

»Alles okay?«, fragt Natascha.

Da geht Jette ran.

»Pauline!«

Bestimmt ist was passiert. Bestimmt ist sie im Krankenhaus.

Papa. Jonathan. Mama.

»Pauline?«, fragt Jette, weil ich gar nichts gesagt hab.

»Ja«, meine Stimme ist ganz kratzig.

»Gut, dass du anrufst. Papa und ich sind im Krankenhaus.«

»PAPA?!«

»Nein, oh Gott, tut mir leid, keine Angst! Jan hat einen Hexenschuss und kann sich nicht mehr bewegen. Ich hab ihn von der Arbeit abgeholt und jetzt sind wir hier und warten darauf, dass ihn jemand wieder in Ordnung bringt. Oder ihm eine Spritze gibt. Ich weiß nicht, was man da macht.«

»Okay«, sag ich. »Wie geht's Papa?«, was, glaub ich, eine doofe Frage ist, vor allem weil ich ihn dann im Hintergrund jaulen und jammern höre.

»Schlecht«, sagt Jette, »aber mach dir keine Gedanken. Der wird schon wieder. Ich muss jetzt aber hierbleiben und jemand muss Jonathan abholen. Ich hab schon mit Jule gesprochen, aber die kann ihn heute nicht mit nach Hause nehmen. Jonathan muss mit zu euch.«

»Zu uns?« Wer ist denn hier uns?

»Ich hab Marlene schon angerufen. Und ihr das ganz schnell erklärt. Ich weiß aber nicht, ob sie alles verstanden hat. Sie versucht früher von der Arbeit zu kommen. Aber du musst jetzt Jonathan im Kindergarten abholen. Bitte. Die wissen Bescheid. Und dann nimm ihn mit zu euch nach Hause. Ich hol ihn dann nachher ab. Die haben im Kindergarten heute Nachmittag irgend so eine Weiterbildung. ... Der Teufel scheißt aber auch echt immer auf den größten Haufen.«

»Also jetzt?«, sag ich.

»Ja. Du musst jetzt Jonathan abholen. Und ruf mich danach bitte an, wenn ihr zu Hause seid, ja?«

»Okay«, sag ich. Und weil ich wohl immer noch ein bisschen kratzig klinge, sagt Jette jetzt ganz weich und lieb: »Pauline, alles ist in Ordnung. Mach dir bitte keine Sorgen.«

Ich atme tief ein und sag dann noch mal »Okay«.

Als ich aufgelegt hab, steht Natascha vor mir und schaut mich mit großen Augen an.

Und ich merk erst jetzt, dass sie meine Hand hält.

»Was ist passiert?«, fragt sie.

»Papa ist im Krankenhaus«, sag ich, und Natascha schlägt sich die Hände vor den Mund, aber da sag ich gleich »Ist nur ein Hexenschuss. Ich soll Jonathan abholen.«

Dann muss ich doch mal schnell tief einatmen und ausatmen.

»Soll ich mitkommen?«, fragt Natascha.

»Ja. Bitte.«

Natascha nickt und schmeißt sich ihre Tasche auf den Rücken. Dann macht sie ihr Handy an und gibt zu Hause Bescheid. Nimmt mich am Arm und sagt »Los. Jonathan wartet.«

Draußen steht Leonie.

Draußen steht Lukas.

Und die gucken uns an, aber Natascha sagt einfach nur »Wir gehen jetzt Jonathan abholen, weil Jan im Krankenhaus ist«.

Und zack, sind alle genauso besorgt.

Und alle kommen mit. Und alle rufen erst mal zu Hause an und sagen, dass sie später kommen, weil sie mir noch helfen.

Dabei brauch ich echt keine Hilfe, um Jonathan abzuholen.

»Ich müsst nicht mitkommen«, sag ich lahm.

»Ach was, jetzt haben alle eh schon Bescheid gesagt.«

Dann erklärt ihnen Natascha, was mein Papa hat, und so, wie sie darüber redet, hat sie echt mehr Ahnung als Jette. Weil Nataschas Mutter es auch immer am Rücken hat, sagt sie. Deswegen.

18. Wir fahren mit dem Bus. Da knäulen wir uns rein, weil alle Menschen heute mit dem Bus fahren müssen. Und das dauert, weil immer noch Schneematsch liegt und alle ganz langsam und vorsichtig fahren.

Ein Platz ist frei, auf den schiebt mich Natascha. Lukas und Leonie stehen neben ihr und gucken mich an.

»Ich hab eine kleine Schwester«, sagt Leonie irgendwann.

Ich schau sie an und sag gar nichts. Da schubst Natascha mich und guckt mich auffordernd an.

»Ja? Wie alt?«, frag ich.

»Sechs.«

»Ich hab gar keine Geschwister«, sagt Lukas. »Ich hab ’nen Hund!«

Da grinst Natascha breit. »Pauline mag Hunde total gerne.«

»Ich weiß«, sagt Lukas.

Mann, ist das komisch.

Dann kommt unsere Haltestelle und alle raus und Gänsemarsch zum Kindergarten.

Natascha stupst mich in die Seite.

Hinter uns fragt Leonie Lukas, wer er denn eigentlich ist. Oh.

»Das ist Lukas«, sag ich.

»Ich bin Lukas«, sagt er und schaut mich an.

Dann sagt sie, dass sie Leonie ist, dabei interessiert ihn das bestimmt gar nicht.

Wir kommen an, drücken den Summer, gehen rein und sagen Hallo.

Jonathan kommt angerannt, als er mich sieht.

»Wo ist Mama?«

»Jette muss Papa helfen. Dem tut der Rücken weh. Du kommst jetzt mit zu mir nach Hause.«

Jonathan denkt nach. »Zu dir nach Hause«, wiederholt er.

»Zeig uns mal, wo dein Kleiderhaken ist«, sag ich.

Da rennt er vor und zeigt, das da, wo das kleine Bild von einem Wasserball hängt, das ist sein Haken.

Dann suchen wir seine Sachen zusammen und ich zieh ihm die Schuhe und die Jacke und Schal und Mütze und Handschuhe an.

Dann kann man ihn fast gar nicht mehr sehen.

Er schaut hoch und sagt dann »Wer sind das?« zu mir.

»Natascha kennst du doch«, sag ich.

»Jaaa!«, sagt er.

Und dann sag ich, dass die anderen Leonie und Lukas sind. Und dass die mitwollten ihn abholen.

»Kommt ihr mit?«, fragt Jonathan.

»Ich komm mit«, sagt Natascha.

Leonie und Lukas gucken sich an.

»Sollen wir?«, fragt Lukas.

»Jaaaa!«, sagt Jonathan. Aber ich schüttel den Kopf.

»Aber ich komm mit«, sagt Natascha noch mal.

»Ja. Du schon.«

Leonie guckt ein bisschen. Aber dann gehen wir alle zur Bushaltestelle, und Leonie und Lukas steigen in einen Bus und wir müssen einen anderen nehmen.

»Tschüs!«

Natascha steht neben mir. Jonathan redet und Natascha steht neben mir wie immer.

Ich guck sie an.

Sind wir jetzt wieder gut? Ist jetzt alles wieder gut?

»Meine Mama hat gesagt, das ist jetzt so«, sagt Natascha plötzlich.

Jonathan guckt hoch und fragt »Was?«, aber Natascha meint mich und redet weiter.

»Dass man plötzlich so wütend werden kann. Auf jemanden. Ohne richtigen Grund.«

Ich warte. Weil sie noch nicht fertig ist. »Weil Artur gestern Abend erzählt hat, dass du da warst. Und dann hat Mama gefragt, warum du da warst und ich nicht.«

Natascha guckt auf den Boden. »Ey, ich war so sauer auf dich!«

Ich warte.

»Und dann ist das so ... murksig alles.« Natascha guckt mich an.

»Okay«, sag ich. Und meine »Wir sind wieder gut«. Und meine auch »hoffentlich«.

Natascha nickt. Der Bus kommt. Hier sind weniger drin und

wir können zu dritt auf der letzten Bank fahren. Da setzen wir uns hin. So ist doch alles gut, oder? Jetzt kommen wir heim, dann wird mit Mama auch wieder alles gut, und dann Friede, Freude, Eierkuchen. Aber Natascha hat gesagt »Das ist jetzt so«.

»Und Leonie?«, frag ich.

»Was ist mit Leonie?«, fragt Natascha.

Müssen wir die jetzt behalten?, will ich fragen. Bist du jetzt ihre Freundin? Und meine? Wie soll das denn gehen? Und wenn das jetzt so ist, wie deine Mama sagt, dann streiten wir uns ab jetzt öfter? Und dann ist Leonie immer gleich auf deiner Seite? Und ich immer gleich draußen?

Das sind so garstige Gedanken. Und so viele auf einmal. Und ich weiß nicht mal, ob ich die Antwort wissen will.

Ich schau aus dem Fenster.

Dann sag ich »Mama hat jetzt, glaub ich, einen Freund«.

Und wie ich das sage, möchte ich gleich so Bähkotz-Geräusche machen.

Aber stattdessen erzähl ich von gestern. Und überhaupt.

Jonathan sitzt da und schaut raus.

»Pauline, was ist das?«, fragt er und zeigt auf irgendwas, der Bus fährt weiter und ich frag »Was?«, und er schaut weiter und sagt »Wir fahren nicht nach Hause« und guckt mich fragend an.

»Nicht zu Papa und Jette. Wir fahren zu meiner Mama.«

»Wo ist das?«, fragt er.

»Drei Haltestellen noch«, sag ich.

»Drei«, sagt er. »Ich bin drei?«

»Vier«, sag ich und er hält vier Finger hoch (den Daumen hält er fest unten) und sagt »So!«.

»Genau so.«

Jonathan grinst, dann schaut er wieder raus und wundert sich.

Der Bus hält und wir steigen aus. Jonathan nimmt gleich meine Hand und geht genauso schnell wie ich, das macht er sonst nie. Hat die Augen überall. Dabei sieht es gar nicht sooo anders aus als bei Jette und Papa. Wir kommen an mein Haus, das ist sogar genauso groß. Aber gelb.

»Das Haus ist gelb«, sagt Jonathan.

»Ja«, sag ich und schließe die Haustür auf. Dann mach ich das Licht im Flur an, weil der immer dunkel ist.

Jonathan läuft mir hinterher und will gleich im ersten Stock in die linke Wohnung, wie bei Papa, aber ich sag »Weiter oben«, und da wohnen wir auf der rechten Seite.

Da schließ ich auf und Jonathan will gleich reinrennen.

»Jonathan, Schuhe aus!«, ruf ich.

Da kommt er zurück und stellt sich neben mich.

»Hast du eine Küche?«, fragt er.

»Ja, wir haben eine Küche«, sag ich.

»Und ein Bett?«

»Ja, ich hab ein Bett und meine Mama hat auch ein Bett.«

Und weil die uns gehört hat, steht sie jetzt im Flur und guckt uns alle an, wie wir da sind. Jonathan, den ich auspelle, Natascha, die mir hilft, und den Berg Klamotten, der neben uns in die Höhe wächst.

»Hallo«, sagt Mama und guckt nur.

»Hallo!«, sagt Natascha und zieht Jonathan einen Arm aus der Jacke.

»Haaaaalllooo, haaaalloooo, haaaallooooo!«, ruft Jonathan.

Mama zuckt.

Langsam kommt sie näher und pflückt die Jacken und Schuhe vom Boden, die Schuhe stellt sie neben die Tür auf eine alte Pappe, die Jacken hängt sie auf.

»Habt ihr schon gegessen?«, fragt Mama.

Jonathan ist ausgezogen, rennt auf sie zu und ruft »Hallo!«.

»Hallo. Du bist Jonathan«, sagt Mama und hält ihm die Hand hin.

Jonathan haut drauf, weil er das mit Papa immer macht.

»Du bist die Frau!«, ruft er.

»Jonathan«, sag ich mit der dunklen Stimme, da steht er still und starr und guckt mich an und wartet.

»Das ist meine Mama. Marlene. Du kennst den Namen. Sag nicht immer DIE FRAU. Wie heißt meine Mama?«

»Maaarleeenee«, sagt Jonathan.

»Richtig«, sag ich.

»Hast du eine Küche?«, fragt Jonathan.

»Ich zeig dir erst mal das Bad«, sagt Mama, da schreit Jonathan »Ich muss aber gar nicht aufs Klooo!«.

»Aber Hände waschen«, sag ich.

Mama schiebt Jonathan ins Bad und der stellt währenddessen dreihundert Fragen. So schnell, dass Mama kaum nachkommt.

Ich steh da und hab noch nicht mal die Mütze ausgezogen und neben mir steht Natascha und guckt mich fragend an.

»Ist der Kerl hier?«, flüstert sie.

Ich zucke mit den Schultern und zieh ganz schnell meinen Kram aus, sie auch.

Dann gehen wir in die Küche, aber da ist niemand, da stehen nur drei Teller und drei Tassen bereit.

»Nee«, sag ich, »keiner da«, und atme ein bisschen auf.

Dann kommen Mama und Jonathan wieder, und er erzählt vom Kindergarten und dem Affen mit den langen Armen, die so lang sind, »Pauline, wie lang sind die Arme?«, fragt er.

»Soooooo lang«, sag ich, »und noch länger!«

»Sooooooooo lang«, sagt Jonathan.

Das ist Mama zu laut. Das sagt sie nicht, aber das seh ich. Jedes Mal, wenn Jonathan den Mund aufmacht, zuckt sie ein bisschen und kneift die Lippen zusammen und ihre Augen werden klein.

Ich hol noch einen Teller und eine Tasse für Natascha raus und stell sie auf den Tisch.

Jonathan steht da und guckt, weil es hier keinen Kinderstuhl gibt. Also geh ich ein paar Kissen holen, die leg ich auf einen Stuhl und heb ihn obendrauf.

»Gut?«, frag ich.

»Ja.«

»Nicht runterfallen!«, sag ich.

Und er tut, als würde alles unter ihm wackeln, und macht »Uuuh«-Geräusche dazu.

»Wo ist Papa?«, fragt Jonathan.

»Dein Vater ist im Krankenhaus«, sagt Mama.

Und ich bin kurz davor, zu meiner Mutter zu sagen »Bist du bescheuert?«.

Weil Jonathan das Wort »Krankenhaus« kennt. Weil er das Wort nicht mag. Weil es ihm Angst macht.

Und schon laufen ihm die Augen voll.

»Mann, Mama!«, fauch ich und dann sag ich zu Jonathan »Papa kommt gleich wieder heim, der wird nur untersucht, und dann kommt er heim und alles ist gut«.

»Das weißt du doch gar nicht«, sagt Mama. »So ein Hexenschuss kann ganz schön lange dauern.«

Dann hat Jonathan auch noch das Wort »Hexe« gehört und jetzt ist's ganz aus.

Jonathan weint und schluchzt, und die dicken runden Tränen laufen nicht, die springen aus seinen Augen. Mama will ihm eine Hand auf den Kopf legen, aber er schreit »NEIN! Lass mich!« und streckt mir seine Arme hin und lässt sich einfach in meine Richtung fallen.

Ich fang ihn auf und zieh ihn auf meinen Schoß.

»Das ist doch nicht schlimm«, sagt Mama.

Und ich mach »Schschhschhhschhh«, einmal, weil ich will, dass Mama mal ruhig ist, und dann, damit Jonathan langsam aufhört zu weinen.

Mama lügt nie. Sie macht auch nichts schön, wie Jette das manchmal bei Jonathan macht. Jonathan hat letztens gefragt, ob sterben wehtut. Da hab ich kurz gezuckt. Und Jette hat gesagt, dass das wie einschlafen ist. Das kann erstens gar nicht stimmen, denn wenn jemand im Krieg oder bei einem schlimmen Unfall stirbt, tut das bestimmt höllisch weh. Und zweitens kann sie das ja auch gar nicht wissen, weil sie ja selbst noch gar nicht gestorben ist.

Das ist also schon so was wie eine Lüge, weil sie nett sein will. Eine nette Lüge.

Mama würde das nie machen. Wenn sie etwas nicht weiß

oder sich nicht sicher ist, dann sagt sie das. Das mit dem Tod zum Beispiel, da hab ich sie mal nach dem Himmel gefragt (und mich nicht getraut auch nach der Hölle zu fragen), und da hat Mama gesagt, dass das gar keiner wissen kann, dass alles, was hier passiert, ist, dass man stirbt, und das ist dann das Ende vom Leben. So.

Und dann wird man begraben oder verbrannt oder Löwen zum Fraß vorgeworfen (wir haben da gerade einen Film geschaut, der im alten Rom gespielt hat), und dann ist der Körper irgendwann Erde oder Staub oder Löwenkacke. Und das wird dann Teil von was Neuem, weil in der Erde Bakterien und so leben und Blumen wachsen lassen und so weiter.

»So ist das«, hat Mama gesagt. So und nicht anders.

Und manchmal ist das gut, dass jemand so klar ist und keinen Schmu erzählt. Aber manchmal muss man auch nicht alles sagen und Jonathan damit Angst machen.

Der sitzt da auf meinem Schoß und schluchzt noch ein bisschen und fragt, ob eine Hexe Papa geklaut hat, und ich sag Nein, dass er das falsch verstanden hat (und außerdem gibt es ja gar keine Hexen), und dann frag ich ihn, ob er ein Brot essen mag. Und einen Saft trinken. Oder ob sie schon im Kindergarten gegessen haben und was es da gab.

Dann holt Natascha seinen kleinen Rucksack, und wir schauen nach, was er noch an Hasenbroten mit heimgebracht hat. Und ich sag »Schau mal, du hast ja deinen Keks gar nicht gegessen! Ui, dann magst du den bestimmt nicht und ich darf ihn haben!« Und dann mach ich Krümelmonstergeräusche, bis er wieder lacht.

Und Mama sitzt die ganze Zeit daneben und ist still und schaut auf mich, dann auf ihre Hände und dann sagt sie irgendwann, dass sie jetzt einen Tee macht.

Ich guck zu Natascha.

Die nickt mir zu. Das ist wie Händchenhalten.

Dann sagt sie zu meiner Mama, dass sie mal hilft, dass wir ja auch noch gar nichts gegessen haben. Und fragt, was es gibt.

Es gibt Suppe und Brot.

Irgendwann hat sich Jonathan beruhigt und kann wieder auf seinem eigenen Platz sitzen.

Und dann gibt es eben Suppe und Brot. Jonathan macht ein bisschen Sauerei, wie er das zu Hause auch macht, und Mama zuckt und ihre Mundwinkel wackeln, aber sie sagt nichts. Aber ihre Hände.

Ich atme ein und aus, und dann denk ich an Jette.

Ich schmier Jonathan ein Butterbrot und schneid ihm das in kleine Stücke. Und er redet wieder und fragt und zwischendrin erinnern Natascha und ich ihn daran, dass er auch was essen muss.

Mama löffelt ihre Suppe und guckt hin und her, und manchmal eben zu mir.

Dann sind wir fertig und Jonathan springt vom Stuhl und rennt durch die Wohnung, reißt alle Türen auf und singt dabei einfach nur »Lalala«.

»Pauline, kannst du deinem Bruder bitte ...«, sagt Mama, aber ich unterbrech sie und sag »Der macht doch gar nichts. Der guckt sich doch nur alles an.«

»Ja, aber so laut.«

Ich zucke mit den Schultern.

»Pauuliiiinee!«, ruft Jonathan und ich steh auf und rufe »Jonaaathaaaan! Komm, ich zeig dir mal mein Zimmer!«

Dann gehen Natascha, Jonathan und ich in mein Zimmer, und er hüpft ein bisschen auf meinem Bett rum, was nicht schlimm ist.

Dann kitzel ich ihn aus und zeig ihm alles. »Das ist mein Bett, das ist mein Schreibtisch«, dann zeig ich ihm meine Aussicht und er staunt und fragt, wo sein Zuhause ist. Ich überlege und zeig in Richtung Büro und sag »Da lang, aber dann noch sehr lange laufen«.

»Wann kommt Mama?«, fragt Jonathan. Und ich sag »Komm, wir rufen sie mal an«.

Und das tun wir.

Dann spielen wir noch ein bisschen, dabei hab ich gar kein richtiges Spielzeug mehr, und dann hol ich Papier und Stifte raus und wir legen uns alle auf den Boden und malen Bilder, bis Jette klingelt.

»Mama!«, ruft Jonathan, und dann rennt er in den Flur. Als Jette reinkommt, schmeißt er sich an sie und umarmt ihre Beine. Jette zieht ihn hoch und hält ihn im Arm.

Wir stehen da alle rum und gucken zu. Jette sagt »Mensch, danke, Marlene!«, während Jonathan ruft »Wo ist Papa?«.

»Papa liegt unten im Wagen auf der Rückbank und wartet auf uns. Du muss heute superlieb zu ihm sein, weil ihm der Rücken wehtut.« Dann schaut sie mich an und sagt »Danke, Pauline« und drückt mich auch noch, mit Jonathan auf dem Arm.

Ich schmeiß seine Klamotten in eine Tasche und häng die an

Jettes Arm, dann ruft Jonathan »Tschüüüühüüüss!« und dann poltern sie das Treppenhaus runter. Mama macht die Wohnungstür zu und Natascha sagt, dass sie schon in mein Zimmer geht und dass ich doch mal bitte Tee machen soll.

Ich geh in die Küche und Mama kommt nach.

Sie setzt sich an den Tisch, ich stell den Wasserkocher an und such in der Teeschublade Nataschas Lieblingstee.

»Pauline«, sagt Mama. »Wir sollten noch über gestern reden. Aber vielleicht warten wir besser, bis Natascha wieder zu Hause ist.«

»Nö«, sag ich.

»Nö was?«

»Nö, wir warten nicht.« Ich finde den Tee, dann fiddel ich einen Teefilter in die Halterung rein und geb Pi mal Daumen Tee in den Filter.

»Das ist schön, wie du mit deinem Halbbruder umgehst«, sagt Mama und lächelt mich an.

»Nicht Halbbruder. Ganzer Bruder.«

»Okay«, sagt Mama. »Also«, sagt Mama.

Dabei hat Mama doch immer alles ganz klar gesagt. Und nie Ausreden gesucht. Und nie gelogen. Und jetzt sitzt sie da, und nichts.

»Ist der jetzt dein Freund?«, frag ich also, weil von Mama gar nichts kommt. Das Wasser im Wasserkocher sirrt.

»Der!«, sagt sie.

»STEIN!«, sag ich.

»Er heißt nicht Stein!«, sagt Mama.

»Dann hat er gelogen!«

»Christoph«, sagt Mama.

Das Wasser kocht. Ich gieße es ganz vorsichtig in die Kanne.

Mama hat immer noch nicht geantwortet.

»Papa sagt, du bist verliebt.«

Mama nickt und dann zuckt sie mit den Schultern.

»Musst du das denn alles wissen?«, fragt sie irgendwann.

»Wird der denn jetzt mein Stiefvater?«, frag ich und rede ein bisschen lauter als sonst und hör mir selbst zu, wie ich das sage, und mein Bauch macht wieder Fäuste.

»Ich weiß es nicht!«, sagt Mama genauso laut. »Ich weiß noch gar nichts. Ich lerne ihn gerade kennen. Ich glaub, ich mag Christoph. Aber mehr gibt es noch nicht zu sagen oder zu erklären. Ich weiß es wirklich nicht!«

Mama schaut mich an, und ich weiß ja, dass sie nicht lügt.

»Und jetzt?«, frag ich.

Mama zuckt mit den Schultern. »Mal schaun«, sagt sie.

19. Natascha ist irgendwann in die Küche gekommen und hat gesehen, wie wir da gesessen haben, und dann hat sie gesagt, dass sie nach Hause muss, und gelogen, dass ihre Mama angerufen hat.

Dann hat sie auf der Straße schon eine SMS an mich geschrieben, dass ich mich sofort melden muss, wenn ich kann.

Und dann haben wir geredet, Mama und ich.

»Wie, geredet?«, sagt Natascha. Weil es jetzt schon Freitag ist und ich mich dann doch nicht mehr gemeldet hab. Jetzt stehen wir auf dem Schulhof und Natascha mümmelt an ihrem Brot rum und ich soll erklären.

Leonie steht dabei und guckt abwechselnd zu Oskar, wie der Tischtennis spielt, und zu uns.

Also »Wie, geredet?«.

»Wie man halt redet. Ich hab ihr gesagt, dass ich das doof fand, dass mir das erstens Papa sagen muss und sie zweitens dann so geheime Treffen hat. Und dass ich bitte schön die erste Geige bin.«

»Bitte schön!«, sagt auch Natascha, und ich nicke und sie nickt, und eben.

»Dann haben wir noch über Regeln gesprochen und dann haben wir versucht Regeln aufzustellen, aber dann hat sie gesagt, dass sie ja eben noch gar nicht weiß, was das mit dem Stein wird und ob, und dass man da gar nicht verfrüht bla, bla.«

»Bla, bla«, sagt Natascha. Und ich beiß auch mal von meinem Brot ab und kaue und guck auch zu den Tischtennisplatten.

»Warum spielen wir eigentlich nie Tischtennis?«, frag ich.

Natascha zuckt mit den Schultern.

»Ich kann das nicht«, sagt Leonie.

»Dann lernste das eben!«, sag ich.

»Und jetzt?«, fragt Natascha.

Ich muss wieder mit den Schultern zucken. »Keine Ahnung. Mama hat keine Ahnung, ich hab keine Ahnung, alle haben keine Ahnung.«

Und alles ist anders.

Natascha schaut ihr Brot ein bisschen an, dann seufzt sie, dann beißt sie ab.

Tristan rennt vorbei und ruft mir »Tschüssi!« zu.

»Tristan hat übrigens fünfhundert Geschwister«, sag ich.

»Ach, Quatsch!« von Natascha und ich merk, dass sie ein bisschen funkelt.

»Doch, musste dir mal von ihm erzählen lassen. Das dauert aber dann, bis der alle seine Brüder und Schwestern durchhat. Stunden dauert das!«

Natascha schaut Tristan hinterher und seufzt und beißt dann wieder von ihrem Brot ab, ohne hinzugucken.

»Ich glaub, ich hab sogar noch einen Tischtennisschläger«, sagt Leonie.

Und ich glaub, ich muss mich an Leonie gewöhnen.

»Hui«, macht da einer, saust an uns vorbei und grinst mich an.

»Ha!«, ruft Natascha, und dann noch mal, ganz laut, mir ins Gesicht, »HA!«, und dann »Hey, Pauline, was fängt mit L an, hat fünf Buchstaben und ist ganz großartig?«

»Ich!«, schreit Lukas und saust wieder an uns vorbei.

Tamara Bach, in Limburg an der Lahn geboren, studierte in Berlin Englisch und Deutsch für das Lehramt. Ihr erstes Buch, »Marsmädchen« wurde als noch unveröffentlichtes Manuskript mit dem Oldenburger Kinder- und Jugendbuchpreis ausgezeichnet und erhielt außerdem den Deutschen Jugendliteraturpreis. Weitere Bücher und Auszeichnungen folgten, u. a. der Katholische Kinder- und Jugendbuchpreis oder die internationale Auswahlliste White Ravens. Nach ihrem letzten Jugendbuch, »Mausmeer«, ist dies ihr erstes Kinderbuch bei Carlsen. Tamara Bach lebt und schreibt in Berlin.

Petra Hämmerleinova ist in Prag geboren und entdeckte früh ihre Liebe zum Zeichnen und Entwerfen. So hat sie unter anderem als Schuhdesignerin gearbeitet, bevor sie sich ganz dem Illustrieren widmete. Petra Hämmerleinova liebt ausgedehnte Spaziergänge, Bücher und das Meer. Und sie hätte so gern einen eigenen Hund, weshalb sie sich über jeden Hund freut, den sie zeichnen kann. Sie lebt mit ihrer Familie in Bayern.

Mit dem Traktor nach Berlin!

Kannawoniwasein! Da fährt Finn zum ersten Mal alleine mit dem Zug nach Berlin – und wird prompt beklaut. Zu allem Übel schmeißt ihn dann noch der Schaffner raus, mitten im Nirgendwo. Aber so lernt Finn Jola kennen, die immer einen flotten Spruch draufhat und weiß, wie man auf eigene Faust in die »Tzitti« kommt. Eine abenteuerliche Reise durch die Walachei beginnt, auf der die beiden einen Traktor kapern, im Wald übernachten, einem echten Wolf begegnen, Finns Rucksack zurückerobern – und richtig dicke Freunde werden.

Martin Muser
Kannawoniwasein – Manchmal muss man einfach verduften
176 Seiten
Gebunden
ISBN 978-3-551-55375-1

CARLSEN

www.carlsen.de

Außerdem von Tamara Bach im Carlsen Verlag lieferbar:

Busfahrt mit Kuhn

Jetzt ist hier

Marienbilder

Marsmädchen

Mausmeer

Vierzehn

Was vom Sommer übrig ist

FSC www.fsc.org MIX Papier aus verantwortungsvollen Quellen FSC® C014496

Carlsen-Newsletter
Tolle neue Lesetipps kostenlos per E-Mail!
www.carlsen.de

Umschlagillustration und Vignetten: Petra Hämmerleinova
Handschrift: Julia Tomczak
Lektorat: Katja Maatsch
Satz, Layout und Herstellung: Karen Kollmetz
Druck und Bindung: GGP Media GmbH, Pößneck
ISBN: 978-3-551-55386-7
Printed in Germany

Lippenbalsam LASSO LEDER

LEUTE LIMPOPO leihweise

Lavendel

LAPIDAR IMON LIMON

leihweise LURCH Laufmasche

R
LÄUSE Läufer LeHErIN

LARIFA

Langeweile LACHS

LEONIE LEBENSMUT

LATZHOSE

lupenrein

UMPEN Linde

Lustig La LANDE

lesen LEE

Lupe Lackaffe lieb

LUKAS L LUFTSCHLANGE Li

oben